Sabine Peters
Alles Verwandte

Sabine Peters

Alles Verwandte

Roman

WALLSTEIN VERLAG

Den Ort Feital, sprich Feijtal, gibt es wirklich.
Alles andere ist ungewiss.

Regen trommelt nachts aufs Dach, und Wind zerrt an den Fenstern. Es rauscht und gurgelt ums Haus.

Lino träumt vom Zeichenunterricht, ist wieder Schülerin im Dorf Feital, in den Bergen im Nordosten Portugals. Die Aufgabe heißt: Malt das Meer. Sie ist neun Jahre alt und nie am Meer gewesen. Sie sitzt vor ihrem weißen Blatt.

Immer wacht sie an dieser Stelle ihres Traumes auf.

Herbst, Oktober. Lino dreht sich im Bett, will Licht anmachen. Der Strom ist ausgefallen. So ist es oft hier, zu Hause in Feital. Hier schlagen keine Meereswellen, nur der Regen fällt.

Lino zündet eine Kerze an, steht auf. Drei Uhr nachts. Heute wird sie einundsiebzig Jahre alt.

Sie geht mit dem Licht in die Küche. Auf dem Herd ein Topf mit Minestrone. Nachts isst man keine Suppe, nachts schläft man. Die Katzen im Gemüsegarten sehen den Schein der Kerze, sie drängeln sich vor der Glastür, betteln um Einlass. Vom Esel des Nachbarn stöhnende rostige Stöße.

Du bringst kein dreckiges Viehzeug ins Haus!

Muss man das einem Bauernkind überhaupt sagen? Lino mit neun Jahren: zerspieltes Kleidchen, feste Schuhe, Schleife im kurzen Haar. Hinter dem Rücken hielt sie die Hände versteckt, Mutter, ich bringe Ihnen Hühnereier! Es war aber eine tote Schlange. Oder ein blutiger Igel. Die Mutter schüttelte sich, Raus! In einem Winkel des Stalls wusch das Kind das verletzte Bein des Igels, so wie der Vater es bei den Kühen machte.

Jetzt hier draußen im Gemüsegarten drei schreiende Katzen, die älteste wird es nicht mehr lange machen. Lino öffnet die Tür zum Garten einen Spalt breit, schiebt die beiden Jüngeren mit dem Fuß beiseite, Verzieht euch, der Schuppen ist trocken. Doch sie lässt die alte Blimunda zu sich reinschlüpfen. Ein nasser schwarzer Teufel mit gelbgrünen Augen und beleidigtem Gesicht.

Beschäftigen kannst du dich wohl selbst, sagt sie. Schrappt aber etwas von dem Futter aus dem Katzentopf vom Herd in eine Untertasse, stellt sie auf den Boden. Eine Höflichkeitsgeste, das wissen beide. Natürlich frisst Blimunda um diese Zeit nicht, sie mustert den Teller und verschwindet aus der Küche.

Lino könnte sich schon anziehen, wach, wie sie ist. Aber was soll das, mitten in der Nacht.

Sie wandert, wenn sie nicht schlafen kann. Ihr Esszimmer geht in das Atelier über. Siebzig Schritte sind es durch die Längsseite des Raums. Mit der Kerze in der Hand hin und her, hin und her. In einer Ecke am Ende des Raums steht eine Gruppe ihrer Holzskulpturen, Menschengröße. Sie wirft einen kurzen Blick zu ihnen hinüber. Die Gruppe lebt ihr Eigenleben, ein Inseldasein, sie braucht Lino nicht. Splendid isolation. Aus welcher Nische im Kopf dieser Ausdruck, wie lange war er nicht da. Wunderbare Vereinzelung. Sie selbst lebt allein.

Abends wird Besuch aus Hamburg kommen. Marie fällt wahrscheinlich bald aus dem Bett, huscht zwischen Kaffeetasse und Koffer durch ihre Wohnung, stürzt in die S-Bahn Richtung Flughafen Fuhlsbüttel. Die Freundin ist überpünktlich.

Als Lino selbst noch in Hamburg lebte, hatte sie selten das Geld, um die Eltern in Portugal zu besuchen. Und Marten keine Zeit, mit ihr die weite Reise im Auto zu machen. Er brachte sie im Opel von Hohenfelde nach Fuhlsbüttel rüber. Immer fuhr er auf den letzten Drücker, als hätte er Lust, sie zu reizen. Ehegeschichten, ohne Fanfare am Ende. Als Martens Mutter siebzig wurde, spielte tatsächlich der Posaunenchor der Kirchengemeinde Pinneberg vor ihrer Tür. Evangelische geistliche Lieder.

Niemand feierte Geburtstag, als Lino ein Kind war, im katholischen Kuhdorf Feital.

Siebzig Schritte hin und her durchs Atelier, ein Tropfen heißes Wachs fällt auf die Hand.

Mit der Muttermilch müsst ihr es lernen, liebe Kinder! Ihr müsst es nachts im Schlaf aufsagen können!

Gegrüßet seist du, Maria, voll der Gnaden,
der Herr ist mit dir.
Du bist gebenedeit unter den Frauen,
und gebenedeit ist die Frucht deines Leibes, Jesus.

Maronen, Esskastanien. Lino hatte unter ihrem Kleidchen einen Blähbauch.

Heilige Maria, Mutter Gottes,
bitte für uns Sünder
jetzt und in der Stunde unseres Todes.
Amen.

Und was bedeutet das, ihr Kinder? Warum soll die Mutter Gottes für uns Menschen bitten? Wir Menschen tragen Schuld, seit Adam und Eva tragen wir sie und geben sie weiter!

Es waren weiche weiße Hände. Immer am Schluss der Stunde streckte der Priester die rechte Hand aus, um sie küssen zu lassen.

Und warum grüßen wir Maria? Ihr habt es doch gerade gesagt!

Sie ist voller Gnade. Die Jungfrau mit dem Kind, die Frucht im Bauch.

Lino hatte mittags zu viele Maronen gegessen. Während des Unterrichts rannte sie aus dem Klassenzimmer. Draußen spritzten halbverdaute Früchte aus dem Mund. Bröckchen und saurer Brei. Schweiß auf der Stirn.

Tante Celina trieb ihre Ziegen die Dorfstraße lang.

Alles war gleichzeitig da. Der Hunger und das Schlingen, Schuld und Priestertrommel und die Ziegen.

Und die Geschichten von den Heiligen.

Die selige Mafalda wurde in Coimbra als Königstochter geboren. Als junges Mädchen heiratete sie Eurico von Kastilien. Er starb sofort, Mafalda blieb Jungfrau. Im Kloster tötete sie alle Gier in sich. Auch sprach sie nicht, also auch niemals falsch. Mafalda ist aus Gottes Gnade unverweslich. Das heißt, als Tote bleibt sie beisammen.

Linos Berufswunsch mit neun Jahren: Nonne werden. Große lange Kutte, viele schwere Schlüssel am Strick um den Bauch. Der Bauch als volle Trommel. Wie der Priester eine hat.

Zurück ins Klassenzimmer nach dem Kotzen. Die Kinder stotterten herunter, was sie für ihr ganzes Leben wissen sollten.

Die heilige Isabella wurde hier in unserer Nähe, in Trancoso, mit dem König Dionysius verheiratet. Er hatte viel unrechte Mägde. Damit lud er Schuld auf sich. Doch Isabella glaubte. Oft brachte sie den hungrigen Armen Gold. Dionysius verfolgte sie und fragte sie, was sie davontrage. Sie öffnete ihren Korb, und alles Gold war zu Rosen geworden. Die blühten im Winter und das war das Rosenwunder, mit Hilfe des Herrn.

Die Kinder traten vor, um die Hand des Priesters zu küssen.

Sehr weich. Sehr weiß. Lino biss zu.

Viele siebzig Schritte hin und her durchs Atelier.

Jetzt ist es gut. Jetzt hat sie einen Teil der Aufgaben gemacht und wird sich noch mal hinlegen.

Sie geht ins Schlafzimmer zurück, lehnt die Tür an. Draußen lässt der Regen nach. Wolkenschwaden ziehen.

Sie legt sich hin, löscht die Kerze und nimmt sich vor, weiter zu träumen von dem Kind und von der Zeichenstunde. Eines Tages wird es ihr gelingen, noch in den Bergen das offene Meer zu sehen. Alles Weitere wird sich zeigen.

Blimunda streckt sich am Boden auf dem Kissen neben dem Bett aus und gibt etwas von sich, als würde sie seufzen. Wenn du hier bleiben willst, dann halt dich still, du Nichtsnutz, sagt Lino freundlich. Die Katze schnurrt.

*

Lino schläft nicht ein. Flatternde Augenlider, Augenflügelschläge zwischen Hamburg und Feital.

Kein Mensch kann an zwei Orten sein. Und die Vergangenheit, das ist kein Ort.

Lino liegt auf dem Rücken. Etwas im Zimmer hat sich verändert. Doch niemand sitzt auf der Kommode, auf dem Schrank, und niemand krallt sich fest an der Gardinenstange. Kein Flügelschlagen, kein Krächzen.

Ein Gemurmel eintöniger Stimmen, sie kommen von überall her. Lino kann nur daliegen und zuhören. 70 bis 97. Bald dreißig Jahre, die vergingen wie ein Husch.

*

Ist ausgeflogen. Das Studium der Kunst in Porto und Lisboa reichte ihr wohl nicht. Hat 1970 an der Kunsthochschule Hamburg ein Stipendium bekommen. Jobbte nebenher in einem Imbiss. Neue Sprache: Fri-ka-del-le. Würst-chen.

Sie sah in der Zeitung das Bild vom Kniefall des westdeutschen Kanzlers in Warschau, dachte an den Präsidenten Portugals. Salazar kniete vor Gott in der Kirche, Brandt vor Opfern des Nationalsozialismus.

Es fiel ihr leicht, Kontakt zu anderen zu finden. Nach dem Unterricht Versammlungen, Feste, gemeinsame Unternehmungen und der Job. Tage, Wochen und Monate. Bekannte wurden Freunde. Marten, ein spröder Hamburger, kein Blender, war 72 Jurist in der Referendarszeit. Als bei den Olympischen Spielen in München Terroristen israelische Geiseln nahmen, boten sich Ersatzgeiseln an. Lino fragte Marten, was er davon hielt. Er zögerte. Gut, sagte er, aber die Deutschen sind etwas romantisch. Sie fragte, Warum sagst du nicht: wir Deutschen?

Sie wurde Aushilfe in einer Restaurantküche. Der Regen in Hamburg hörte nie auf.

Die Studenten fanden sich toll mit einer Ausländerin, die aus dem Faschismus kam.

Einer von Linos Nachbarn war Chilene. 73 fragte sie ihn, als Pinochet putschte, Hört das nie auf mit der Tyrannei?

Sie zeichnete Plakatentwürfe für Demonstrationen.

Sie zog mit Marten zusammen. Und sagte 74, aus Anlass der portugiesischen Nelkenrevolution: Grândola Vila Morena! Das hört mal auf mit der Tyrannei!

Reise nach Lisboa und Feital.

Einzelausstellung in Kiel. Ein Job in einem Wettbüro auf der Trabrennbahn. Standesamtliche Trauung mit Marten. Er war Anwalt, Partner einer kleinen Kanzlei. Blass kam er abends nach Hause.

Lino schlug Skulpturen aus Holz. Ihre Augen dachten, ihre Hände dachten.

Sie summte mit Mozart. Sie sang mit Biermann die Ballade für den tief besorgten Freund.

Die DDR entzog dem Liedermacher den Bürgerstatus. Lino sagte, Nie hört das auf mit der Tyrannei.

Umzug, Wohnung und Atelier in einer Fabriketage, erster Stock in Hohenfelde. Unter ihnen im Parterre Medizinstudenten, Irmgard und Theo. Zu viert ihre Ausflüge an die Ostsee, der Sehnsuchtsort Südsee war unbezahlbar. Martens polnische Klienten hatten kein Geld, er konnte nur dünne Rechnungen schreiben.

Lino grub sich in ihre Arbeit, grub sich hinaus ins Offene.

Aber draußen war immer Regen, den sie wie eine Katze hasste.

Die Partei der Grünen gründete sich 80. Marten und Theo sympathisierten. Lino dachte an den Vater in Feital, der das Wort Umweltverschmutzung nicht kannte, nicht brauchte. Der brauchte den Mist seiner Kühe, um all die steinigen Äcker zu düngen.

Lino gab Unterricht im Aktzeichnen. Für je zehn Abende, jeweils zwei Stunden, bekam sie 300 Mark.

Kohl wurde 82 Bundeskanzler. Unbeholfen blinzelte er in die Kameras. Die Witze über ihn fand Lino billig.

Sie hoffte auf goldenen Regen: Ein Filmteam mietete ihr Atelier zwei Tage lang, um einen Tatort mit Künstlermörder zu drehen. Die Leute schoben Kulissen, Lampen, Leitern. Besetzten Bad und Küche. Sie schlugen eine Fensterscheibe ein und demolierten eine Tonskulptur. Verdienst: Eintausend Mark. Marten geigte abends Mozarts kleine Nachtmusik.

Und im Amadeusfilm von 84 hatte Salieri musikalisch keine Chance, er haderte vor dem Kruzifix.

Als Lino noch in Hamburg wohnte, telefonierte sie einmal im Monat mit den Eltern in Feital. Austausch über Gesundheit, über den Regen hier und die Waldbrände dort.

Rupert, Schriftsteller, ein Freund von Lino aus dem Rheiderland, kam wegen einer Lesung in die Stadt. Er wohnte tagelang bei ihr und fragte sie nach ihrem Herkunftsdorf. Sie lachte: Fahr mal hin.

Reaktorunfall in Tschernobyl. Sogar die Linken sprachen jetzt vom Wetter.

Marten blätterte in Kontoauszügen. Hoffte auf einen Yachtbesitzer aus Blankenese, dem hätte er gerne dreißig

Schriftsätze verkauft. Lino führte ein graues Haushaltsbuch von Soll und Haben.

Teilnahme an einer Gruppenausstellung in Eppendorf.

Marie, Literaturstudentin, schrieb einen Artikel darüber. Rupert und sie verliebten sich. Er fuhr nach Portugal, wollte Ruhe für seine Arbeit an einem neuen Roman. Er wohnte in einem abgelegenen kleinen Gehöft, das Linos Vater gehörte, der Quinta do Espinheiro. Marie saß an ihrer Magisterarbeit.

Lino kochte Labskaus ohne Rindfleisch, ohne Matjes, auf Basis von Stockfisch.

Volkszählung 87. Selbst Marten war besorgt: Der Staat will die Bürger ausspionieren! In Theos und Irmgards Wohnung lebten jetzt auch T. Casanova, S. Pansa, Graf Koks. Lino rauchte mit den beiden Medizinern das erste Mal Gras. Sie schickte dem jüngsten Bruder Geld für sein Studium in Paris. Marten lieh sich einen Fernseher, um die French open zu sehen, und Steffi Graf gewann gegen Navrátilová.

Lino verkaufte ein Ölbild für 500 Mark. Marten verließ die Wohnung morgens früh, kam abends spät zurück. Er schenkte ihr eine Wachtel, damit sie Gesellschaft hätte. Es war aber ständig Besuch da, der vor der eigenen Arbeit floh. Martens polnische Klienten brachten nichts. Er sprach davon, ein Restaurant zu eröffnen, um Geld zu scheffeln. *Wir fangen noch einmal an*, zitierte er, *wir geben nicht auf.*

Marie saß oft im Atelier. Versuchte, über Linos Arbeit was zu schreiben. Ein dreiseitiger Satz ohne Kommas, der fing mit einem Ölbild an und verlor sich in Möwenschreien über der Elbe.

Lino verkaufte eine Holzskulptur für 1000 Mark. Der Hauseigentümer erhöhte die Miete.

Marten sagte, Unsereinem fehlt kaufmännischer Verstand. Lino sagte, dass sie nicht in Zahlen denke, sie denke in Holz. Vivat, die Südsee, sagte Marten.

Zwei Wachteln liefen durch das Atelier.

Rupert kam aus der portugiesischen Quinta zurück, ging mit Marie zu Lino. Der Plattenspieler lief. José Afonso sang, À sombra de uma azinheira, que já não sabia a idade, jurei ter por companheira, Grândola a tua vontade. Im Schatten einer schweren Steineiche, die ihr Alter nicht mehr wusste, habe ich dir, Grândola, Treue geschworen, wie du es wünschtest. Zu dritt tranken sie schwarzen Tee. Lino fragte, wie geht es dem Vater? Afonso sang im Kreis, im Kreis. Zu dritt tranken sie Tee. Wem bin ich treu? Mit welchem Menschen, welcher Sache bin ich solidarisch und verbrüdert?

Als Marten abends wieder da war, aßen sie Butt und Blattspinat und Brot und tranken vinho tinto. Sie redeten von Geld. Martens Schlips glich einer Hanfschnur um den Hals. Sie redeten von Wünschen. Später klopften Theo und Irmgard, aber Lino wusste, wie man Brot und Wein vermehrt. Marten sagte seine Lieblingssätze: Wir fangen noch einmal an. Wir geben nicht auf. Vivat, die Südsee!

Drei Wachteln huschten durch die Küche.

Marie zog aufs platte Land zu Rupert. Sein neuer Roman erschien, sie schrieb an ihrem ersten Buch.

Lino wurde eingeladen, mit anderen Kollegen in Recife, Brasilien, auszustellen. Dort galt sie als Repräsentantin des Kolonialismus.

Der Ostblock konnte und wollte nicht mehr. 89 fielen die Mauern. Vereintes Deutschland, offenes Europa. Eine Kollegin fragte Lino 91, ob sie Angst habe, mit ihrem Teint und ihrer Nase, ihren Augen, ihrem Haar. Ich mache lieber Angst, als sie zu haben, sagte Lino.

Arbeitsstipendium in Kyoto, Japan. Die Gastgeber philosophierten über Portugal und Japan: beides Seefahrernationen, Beherrscher der Meere, früher, in großer Vergangenheit. Lino interessierte sich für die Seidenpapiere, deckte sich damit ein.

95, als Christo und seine Frau den Reichstag verhüllten, winkte sie ab: Die setzen immer nur ihr Markenzeichen. Aber sie fand es auch lustig, eine Regierung einzuwickeln.

Ihr Vater starb. Der ganze große Clan traf sich in Feital zur Beerdigung. Danach ging wieder jeder seiner Wege.

Lino und Marten besuchten die Freunde im Rheiderland, brachten ein Ölbild mit, fliegende Gans und fliegende Früchte. Die Kühe draußen auf den Weiden standen gut im Futter, besser als das Vieh in Feital. Sie fuhren zu einem Polderhof. Der Bauer hatte eine Blutbuche gefällt und schenkte Lino ein Stück des Stammes. Mühsam hieften sie es in den Kofferraum. Ist noch viel Saft drin, sagte Lino zu Marten, muss lange trocknen. Temos tempo, nehmen wir uns Zeit.

Einzelausstellung in Ottensen.

Marten verliebte sich in eine alte Freundin.

97 zog Lino allein zurück nach Feital.

Eine Geschichte ist Marie unter den Händen zerfasert, viele Monate Schreibarbeit weg.

Also hat sie auch nachts im Traum das Uni-Examen vergeigt. Die Hausarbeit in Literatur ist fertig, doch sie hat den Schein in Mittelhochdeutsch nie gemacht. Nach dem Studium hat sie sich jahrelang bloß durchgemogelt. Jetzt ist die Litfaßsäule in der Schattenstraße dicht beklebt mit Steckbriefen von allerhand Betrügern, und sie weiß im Näherkommen, ihr Gesicht ist mit dabei. Schon drehen sich die Leute nach ihr um, darunter auch ihr Vater Doktor Phil. Sein knochendünner weißer Zeigefinger eine Lanze, die stößt er ihr in die Rippen. Es ist nur ein Spiel, beruhigt Frau Professor Schuller, die eine schwarze Larve trägt, es ist der Karneval in Rio. Marie versteht, das Flugzeug fliegt falsch. Tief unter ihr das Meer. Sie ist weit über Portugal hinausgeschossen.

Was der Kopf zusammenträumt.

Mit der S-Bahn zum Flughafen Fuhlsbüttel. Warten am Gate Richtung Lissabon. Auch ein Rollstuhlfahrer und sein Begleiter sind überpünktlich, sonst kein Mensch da. Marie geht auf und ab. Sie hat schon lange keine große Reise mehr gemacht. Immer zu Haus vor einem weißen Blatt, und dessen Leere brüllte. Sie verstand nichts, kam nicht fort.

Jetzt bist du unterwegs, sagt sie sich.

Sie sieht auf das Rollfeld. Taubenblaue Dämmerung und Flutlicht. Zu Hause hätte sie noch Zeit gehabt für einen zweiten Kaffee. Stattdessen hat sie ihren Koffer umgepackt. Immerhin hat sie nicht gleich nach dem Aufstehen nachgeschlagen, ob es das alte Prüfungszeugnis gibt. Sie kann sich hinsetzen und ruhig sein.

Eine Putzfrau schiebt ihren Arbeitswagen vorbei. Der Rollstuhlfahrer und sein Mann halten sich bei den Händen. Marten und Lino sind geschieden. Rupert ist seit sieben Jahren tot. Marie steht auf. Wühlt im Rucksack. Der Koffer fliegt hoffentlich nicht nach Rio, sonst verderben all die Lebensmittel, die Marten und andere Freunde ihr für Lino mitgaben. Pumpernickel, Harzer Käse, Kieler Sprotten, Räucheraal. Marie hat ein Brot gebacken, Roggen, Weizen, Sirup, schwarz und schwer. Unter den Mitbringseln ist auch ein schlappes rotes Läppchen, ein Luftballon, der heute Abend fliegen soll. Lino und Luftballons? Mit einer Axt und ein paar Messern könnte man ihr eine Freude machen.

*

Geburtstagsfeiern müssen nicht sein. Doch jeder Mensch braucht Rituale.

Mit dreißig Jahren, Lino lebte schon in Hamburg, hat sie sich eine Aufgabe gestellt, die sie seither an jedem Geburtstag erfüllt.

Tag des Porträts der Ziege.

Format und Material sind festgelegt, 30 × 45, Tusche auf Karton.

Wenn, wie in Hamburg, keine Ziege zur Hand ist, hat sie eine große Auswahl von Fotos, um sich zu orientieren. Auch ihre Sammlung von Schädeln ist hilfreich. Sie hat ein eigenes Regal dafür, da liegen die Köpfe von Maus und Seeadler, von Fuchs und Hase, Hund und Katze, Fisch, Wildschwein und Hirsch und Ziege friedlich nebeneinander. Oft hat sie Schädel und andere Knochen irgendwo in der Wildnis gefunden, schon sauber geputzt von Kleingetier und Wetter. Aber auch die Freunde und Verwandten brachten ihr oft Skelette aller Art mit. Die Wildsau ganz links im Regal hat ihr Bruder Beto im Gelände der Quinta do Espinheiro geschossen. Gemeinsam haben sie den Kopf nach allen Regeln der Kunst präpariert: Die Schwarte abgeschärft, Gehirn, Zunge und alle anderen Innereien raus. Schließlich haben sie den Schädel vorsichtig in Fettlösung und Salz gekocht, immer schön unterm Siedepunkt, es hat gestunken. Der Kopf ist gut geworden. So gut wie der Fuchskopf, den hat ihr Mutter Natur beschert, er ist ein bisschen ramponiert. Auf Dauer draußen im Freien in Wind und Wetter wird jeder Knochen graues Geröll. Das liegt im Weg, man schiebts mit dem Fuß beiseite, während man unterwegs ist.

Als Kind hat sie nicht nur Ameisen, Hühner, Igel und schließlich gemeinsam mit ihrem Vater das Rindvieh gehütet. Sie hat auch Ziegen getrieben, die Kühe des kleinen Mannes. Sie kletterte selbst wie eine von ihnen. Sie war ein Bergteufel, so neugierig, so zäh und lebenslustig wie die Tiere.

Seit vielen Jahren jedes Jahr ein weiteres Porträt. Starke, störrische Persönlichkeiten. Weisheit in den harten Schädeln, Spott in schrägen Augen, sanfte Wimpern, Lachfalten um das gierige Maul.

Ein Zyklus dieser Bilder aus zehn Jahren wurde im Hamburger Kunsthaus am Klosterwall ausgestellt. Theo verdiente damals schon ganz gut als Augenarzt, er wollte drei Zeichnungen haben. 500 Mark hat sie pro Stück verlangt und auch bekommen. Sie hätte diesen Zyklus nicht auflösen und verkaufen sollen. Hätte sie nicht? Ständige Geldsorgen, obwohl Marten und sie doch manchmal überraschend anständige Summen einnahmen.

Und heute? Besser, man wird hierzulande nicht krank und alt. Am besten, man trippelt auf leisen Klauen die eigenen Wege. Bergteufel können steinalt werden.

Sie nimmt einen Ziegenschädel aus dem Regal, dreht ihn in den Händen, befühlt seine Augenhöhlen. Stellt ihn auf einen der Zeichentische im Atelier. Schneidet einen Karton zurecht, rührt in der schwarzen Tusche. Dann entscheidet sie sich anders. Aus dem Bad holt sie den kleinen Handspiegel. Sie rückt ihn auf der Arbeitsplatte herum, ist nicht zufrieden mit dem Licht, wechselt den Platz, Tische gibt es genug. Der Spiegel ist staubig, von seinem Plastikrahmen ist ein Stückchen abgeplatzt, das registriert sie nebenbei. Sie hängt ihn an die Wand. Stellt den Modus der Wahrnehmung um. Kleine Flächen von Hell und Dunkel, Schatten und Licht. Sie rührt noch mal in der Tusche. Die Augen wandern. Diagonale Bewegung vom Spiegel links oben nach rechts unten, auf den Karton. Die Hand trägt Farbe auf, der Oberkörper regt sich leicht vor und zurück, die Augen prüfen Striche, Flecken, Streifen. Die gezeichnete Ziege hat eine lange Nase. Eine ihrer Augenbrauen ist forschend hochgezogen. Scharfer Blick aus schrägen Augen.

Gut. Fast fertig.

Noch eine schnelle Linie, die Andeutung von einem Lachkringel ums schmale Maul.

Sie legt den Pinsel zurück, sieht sich die Zeichnung an. Klopft eine Zigarette aus der Packung, zündet sie an. Aus der dritten Schublade des hölzernen Graphikschranks an der Tür nimmt sie einige verbliebene Ziegenporträts aus anderen Jahren. Sie wüsste nachts im Schlaf, wo alles liegt in ihrem Haus. Von klein auf Ordnung gelernt, dafür ein freies Gemüt.

Lino legt die alten Zeichnungen in Reihen aus. Karton und schwarze Tusche, 30 × 45. Manchmal hat ihr das Motiv der Ziege nicht gereicht, dann hat sie noch etwas hinzugefügt, Wildwuchs oder streng Ornamentales. Im Hintergrund einmal ein Ginster, einmal fern der Mond, verbeult, mit kleinsten Rissspuren von Kratern. Einmal vier springende Jungtiere. Die Ziege der alten Tante Celina hielt letztes Jahr still, als wüsste sie, dass sie verewigt wird. Für das Porträt von 97 hat sie einen der präparierten Schädel zum Vorbild genommen. Da gabs kein Fell, keine Augen, auch keinen Blick mehr.

Manches wächst nach.

Wenn jemand behauptet, all diese Zeichnungen seien Selbstporträts, dann lacht sie ihn aus und sagt, Faz favor. Mach dir nur ein Bild. Bilder sind frei wie die Wolken am Himmel.

Lino geht um den Tisch herum, sieht das Bild umgekehrt an. Dreht es wieder um. Noch eine Hortensie dazu, ohne den Zwang realer Proportionen? Aber das Bild ist fertig. Sie kann es trocknen lassen und es sich im Lauf des Tages noch mal ansehen, signieren, datieren, Oktober 2015.

Einundsiebzig. Jetzt ist sie älter geworden als ihre Mutter Lavinia. Es fehlen noch ein paar Jahre, bis sie Felipe eingeholt haben wird. Der Vater wurde auf dem Dorffriedhof bei seinen Vorfahren begraben, wie er es sich gewünscht hatte. Als wäre der Ort noch wichtig, wenn einer nichts mehr als Knochen ist.

*

Am 27. Mai 1909 ist in Feital geboren Felipe. Ich bin der Sohn von Alexandrina da Luz. Aufgrund von der Tragödie meiner Geburt bin ich am 15. August des Jahres 1920 zu Fuß nach Sra da Lapa gezogen, in Begleitung meiner Mutter, meiner Großmutter. Wir sind sehr früh morgens weg gegangen und es war schon Nacht, als wir dort ankamen. Wir haben Opfer gebracht, wegen mir. Die Mutter und die Großmutter und ich.

Marie blättert in Papieren. Ein seltsamer Tonfall. Felipe? Linos Vater hatte eine Mutter, so wie jeder Mensch. Ein tuschelndes Dorf, ein frommes Pilgern. Das Kind Felipe unterwegs mit zwei Frauen. Straßen, die man heute Wege nennen würde. Von Feital aus bis zum Wallfahrtsort Santuário de Nossa Senhora da Lapa, der wundertätigen lieben Frau, sind es bald vierzig Kilometer. Eine Tageswanderung.

Die Maschine Richtung Lisboa fliegt mit einer Geschwindigkeit von 700 bis 900 km pro Stunde.

Datum und Ort und Name, die Tragödie der Geburt: Damit setzt der Bericht ein, den Marie im Flugzeug jetzt noch einmal liest. Wenige Seiten in einer Handschrift, die sie nicht kennt, es ist nicht die von Lino, auch nicht die von Rupert. Die Seiten lagen zu Hause im Fotokasten in einem Umschlag mit Bildern der Quinta do Espinheiro. Marie hat den Kasten jahrelang nicht geöffnet.

Meine Mutter war sehr arm, hatte nichts um mich damit zu unterhalten. Zwischen zehn und elf Lebensjahr habe ich angefangen, mein Brot zu verdienen. Ich ging nicht zur Schule weil es mir nicht gefiel ich konnte damals nicht wissen dass ich es später bedauern musste. Als verlassenes Kind habe ich Ziegen gehütet, sie gaben Milch wovon ich mich ernährte. Ab mein zwölf Jahr bis fünfzehn ging ich mit der Mutter als ein Tagelöhner mit. Zur Weinernte nach Cerejo. Und auch hacken, ein ganzer Tag mit der Hacke, um 25 Tostoes, das sind ein Zehntel von ein Escudo zu verdienen. Abends mit der Hacke auf der Schulter zurück nach Feital. Essen eine Kohlsuppe das war alles. Nächster Tag mit Stück Brot in der Tasche und wieder zur Arbeit bis zur Dunkelheit und der Patron uns weg schickte.

Die Monarchie in Portugal war abgeschafft, zunächst zu Gunsten einer antiklerikalen Republik. Ärger mit dem Vatikan. Doch der war weit weg, so weit wie Lisboa mit seinen gebügelten Präsidenten. Die feudalistischen Strukturen blieben, wie sie waren. Oben Latifundienbesitzer, Clans, die untereinander Macht verteilten. Unten Kohlsuppe, Demut und Wut. Das Land hielt sich in einem wackeligen Zustand. Zwischen 1910 und 1926 gab es fünfundvierzig Regierungswechsel, so stand es in einem Artikel. In Feital scherte sich niemand darum. Arbeit vom Sonnenaufgang bis zum Sonnenuntergang. Achtstundentag? Undenkbar. Die republikanische oder auch gottgewollte oder auch kosmische Ordnung stürzte keiner um.

Zeit der Olivenernte, das muss ich auch erzählen. Mit einem Sack auf dem Rücken kletterte ich auf die Bäume, von hier aus bis nach Vilares, um die nach der Ernte übrig gebliebenen Oliven zu sammeln. Nur trocknes Brot, nur fasten. Die Suche nach Kastanien, das will ich nicht vergessen. Es war gut, den ganzen Tag aß ich Kastanien. Roggenreste musste man auch sammeln. Dabei haben wir gesungen. Die Sonne verbrennt uns dann nicht.

Als ich fünfzehn bis sechzehn Jahr war, hat mein Vater mich als Sohn anerkannt, habe ich meine Mutter verlassen? Mein Leben hat sich geändert. Mein Vater, ohne Liebe, hat mich ändern wollen, er hat mir einen Pflug mit zwei Ochsen in meine Hände gegeben für Ackerbau.

Bevor es hell wurde ging ich schon los ohne Stück Brot im Bauch. Erst nach zwölf kam ich zurück zum Mittagessen. Und wenn kein Futter für die Ochsen da ist, dann erst Futter für sie holen, dann für mich. So viel gebündelt Gras habe ich auf dem Rücken geschleppt, für meine Ochsen, ich kann es gar nicht sagen.

Der Sitznachbar im Flugzeug legt seinen Reiseführer beiseite, stößt Marie an. Pecqeno almoço, endlich! Oder gilt das schon als Mittagessen? Er öffnet seine Schale, schnuppert, pickt und seufzt. Dann sagt er, rein damit. Immerhin, in Lisboa gibt es bald frischen Fisch vom Feinsten. Peixo do mar, lula, der Tintenfisch, und lagostim, der Hummer! Sie fragt, Verstehen Sie Portugiesisch? Es ist eine schöne

Sprache, sagt er, weniger hart als Spanisch, ein bisschen verspielt. Ja, sagt sie, so rund wie Glasmurmeln. Der Nachbar erzählt vom Tauchkurs im Meer, das war unter Wasser ein Schweben, als wäre man eine Wolke am Himmel! Sie nicken sich zu, gehen an ihre Lektüren zurück.

Dann war ich zwanzig. Für drei Monate musste ich dienen und das weil mein Vater trotz seiner Bemühung mich nicht frei kriegte. 1930 – drei Monate beim Militär, das war die beste Zeit in meinem Leben. Da musste ich nicht arbeiten. Es war in Pinhel, wo ich diesen Urlaub verbrachte. Dort habe ich marschieren gelernt und mit der Waffe umzugehen. Infanterie 12 von Guarda.

Von mein vierunddreißig zu fünfunddreißig Jahr habe ich mein Leben geändert. In eine weise junge Frau habe ich mich verliebt. Lavinia. Im ersten Jahr vom neuen Leben ist ein Sprößling gekommen es war meine Lino. Die sich der Malerei gewidmet hat. Sie hat in Porto studiert, in Lisboa hat sie weiter gelernt, nach Hamburg ist sie emigriert.

Ich bin nun am Ende meines Lebens. Alle sechs Kinder sind ausgebildet. Alle haben ihre Lebenssterne ausgesucht, mit denen sie navigieren. Gott segne euch alle und die die von euch kommen werden.

Die Flugstrecke Hamburg–Lissabon ist ausgerechnet und bis auf den Meter vermessen. Der Autopilot weiß den Weg.

Ein Sprössling kommt und navigiert. Woher, wohin?

Lino fängt 1944 an als Tochter eines unehelichen Bauern, der nur knapp lesen und schreiben kann, wächst auf im Estado Novo unterm Diktator. Salazars Ständestaat, *wir übergeben die Freiheit der Autorität*. Unwissenheit und Fatalismus sind der beste Schutz vorm Kommunismus. Vergib uns unsere Schuld. Amen, sagte Linos Vater und ballte die Faust und schuftete weiter, seine Kinder sollten es besser haben. Die wenigen Bücher im Haus standen im Schrank verschlossen.

Ein anderer Anfang, Marie, 1961, Westdeutschland. Erhards soziale Marktwirtschaft, Brandts Satz, *Wir wollen mehr Demokratie wagen*. Der Vater Doktor Phil war bürgerlich, doch er hatte in seiner Vielseitigkeit und Verwirrung die Aufbaujahre verpasst. War immer wieder arbeitslos gewesen, bis er die Stelle als Lehrer bekam. Mit vollen Händen gab er alles weiter, was er unter Kultur verstand.

Ein Mädchen hütete Ziegen und Kühe, das andere las. Beide hörten von Priestern das Rosenwunder der frommen Frau. Elisabeth, Isabella, das nimmt sich nicht viel.

Sie wuchsen auf, sie suchten ihre Lebenssterne aus.

Sie navigieren. So sagte Felipe. Von Irrfahrten keine Rede.

Das Flugzeug verliert an Höhe, setzt mit einem Rums auf. Aeroporto Lisboa.

Marie ruft Lino in Feital an. Draußen herrscht wabrige, weiche Wärme. Draußen stehen Palmen. Lange nicht mehr das feine, trockene Rascheln der Zweige gehört.

*

300 Kilometer weiter Vogelflug nordöstlich pfeift der Wind durch Linos Garten in Feital. Oben, schon halb auf dem Berg, stehen acht alte Maronenbäume. Die ersten grünen, gelben Stachelbälle öffnen sich und fallen ab. Schon morgens früh hat Lino zwei Eimer gesammelt. Das Handy in der Jackentasche klingelt. Sie hält es etwas vom Ohr weg, weil Marie schreit, als wäre sie Tante Celina. Dann ist sie also tatsächlich gelandet. Sie wird auch den Rest noch schaffen, den durchgehenden Zug bis Vila Franca das Naves. Bis später, sagt Lino, beijinhos, Küsschen.

Sie steckt das Handy ein. Sieht sich den Himmel an. Verliert sich in dem Anblick. Durchsonnte dicke Schafswolken machen ein Durcheinander, ziehen eilig vorbei. Ihnen folgt ein graues Regenwassertier mit Hängebauch, das hat sich vollgesoffen. Es verzieht sich mit den anderen Wolken Richtung Spanien. Hoch darüber zerzauste Schleier, Federwölkchen. Flugzeuge ließen Kondensstreifen zurück, im Blauen schneiden sich die weißen Linien.

Lino holt tief Luft. Noch sieben Stunden schöne Stille ganz allein. Sie hält in Ruhe nach Pilzen Ausschau. Als sie von der Höhe des Gartens aus runtergeht an ihr Haus, umsprungen von ihren vier halbwilden Hunden, trägt sie zwei Eimer mit Pinienzapfen, auf einem liegen obenauf drei Steinpilze, sie schätzt, wohl jeder zweihundert Gramm. Sieben Stunden und vier Hunde und zwei Eimer und drei Pilze. Wenn sie das richtig zusammenrechnet, dann wird das Wiedersehen mit Marie ein Glück.

Abergläubisch ist sie nicht. Das wäre doch gelacht. Ein alter Fisch kennt sich mit Angelhaken aus.

Blimunda kommt aus dem Schuppen, stolz, mit einer Maus im Maul, und Lino warnt sie: Du bringst kein dreckiges Viehzeug ins Haus! Wie oft muss ich es sagen, bist du ein Kind? Die Katze lächelt hochmütig.

In der Küche putzt Lino den schönsten Pilz. Dünstet ihn mit Gewürzen, Knoblauch und einer Tomate in einem Schuss vinho tinto. Sie geht mit dem Leckerbissen zur alten Tante Celina, die bei der Dorfschule wohnt. Die Tante wird knurren, sie hätte von gestern von Beto und Neves noch Reste fürs Mittagessen. Lino wird sagen, Wir wollen Sie bis zum Schlachttag mästen. Die Tante wird nicken. Man kennt sich.

Auf dem Heimweg bleibt Lino wie meistens am Brunnen stehen, auch jetzt fischt sie wieder eine Dose raus. Und ein Benzinfläschchen. Das war kein Kind, war nicht der Wind. Kein Treibgut. Wahrscheinlich wars Emilio. Dem ists egal, ob seine Kühe Blech oder Benzin oder

Säure trinken. Er kann nicht eins und eins zusammenzählen.

Von fern schreit der Vater, Ihr lasst meinen Brunnen in Frieden! Sie runzelt die Stirn. Der Vater liegt in der Erde. Er muss ihr nichts mehr nachbrüllen.

Zurück zu Hause, geht Lino mit frischem Bettzeug in ihr Atelier. Es gibt eine Treppe nach oben. Ein kleiner Teil des großen Raumes wurde zum Dachboden ausgebaut. Dort im Halbdunkel lagern Ölbilder, gestapelt und mit Folien geschützt, dort stehen in Regalen und am Boden kleinere und größere Objekte. Arbeiten, die sie in Porto, Lisboa, Hamburg und hier in Feital machte. Erinnerungen fahren wimmelnd auf. Nachtfalter flattern in ihrem Kopf. So selten wie möglich geht sie hierhin. Im Bodenraum steht auch ein Bett, sie bezieht es, stellt eine Flasche Wasser hin, kontrolliert die Nachttischlampe. Der Strom funktioniert längst wieder. Nur wenige Besucher dürfen in dieser Dachklause schlafen. Die meisten nächtigen im Nebenhaus am Rand des Grundstücks. Theos Schwester Susanne hat es für sich ausbauen lassen. Lino nutzt es manchmal: Dann hat sie selbst Distanz zu ihren Gästen, und Susanne bekommt etwas Miete.

Lino putzt das Bad in ihrer eigenen Wohnung. Mal sehen, wie lange die Ordnung drinnen und draußen hält. Man sollte sich über Kollegen und Freunde besser nur wundern. Sie kommen aus Hamburg, Leipzig, Freiburg, Paris und sonst wo. Sie lungern rum und warten händereibend auf das legendäre Essen. Schlingen es runter, verstopfen danach das Klo. Draußen trampeln sie Pilze nieder oder verstauchen sich im Gelände die Knöchel. Sie überschwemmen Susannes Bad, sie sind zu klug für einen Duschvorhang. Ihr Kram liegt überall, und sie begreifen nicht, dass Hunde und Katzen sich darum kümmern. Sie vergessen schließlich Brillen, Pillen und das wichtigste Notizbuch, man muss ihnen die

Sachen nachschicken. Vor allem aber: Die Freunde reden zu viel.

Egal. Es gibt nicht nur Erfahrungen. Es gilt auch: Neues Spiel und neues Glück. Das ganze Haus, der ganze Garten und die ganze Lino lächeln.

Schon draußen vor dem Flughafen ist alles voll Verheißung für Marie. Schöne schwarzgrüne Taxis, die schönen sieben Hügel, von denen nur zwei zu sehen sind, der schöne Busgestank, das schöne Gehupe, und die Palmen, deren Rascheln man nicht hören, es nur denken kann.

In aller Ruhe überdreht, Marie steht rauchend im Lärm. Unsichtbar im Dunst Lisboa. Erdbeben, Tsunamis. Vulkanausbrüche. Empedokles verschwand im Ätna. Das Seminar bei Frau Professor Schuller, im Traum bei Nacht war sie da. *Was euch der Väter Mund erzählt, gelehrt, Gesetz und Brauch, der alten Götter Namen, vergesst es kühn.* Hölderlins Antwort auf Goethe. *Was du ererbt von deinen Vätern, erwirb es, um es zu besitzen.* Eigentum verpflichtet. Doktor Phil war Mieter, fürchtete den Hausbesitzer. Er zitierte seine Klassiker und herrschte die Kinder an, den Hinterhof zu fegen. Linos Vater Felipe wurde Bauer auf eigenem Grund und Boden.

Am Flughafen so viele Leute, lebendige, tote. Dichter, solche und solche Väter. Professor Schuller ist pensioniert. Was hatte sie im Traum vom Karneval gesagt? Bisschen sehr wenig Schlaf diese Nacht.

Marie blinzelt in die Mittagssonne. Aufwachen, sagt sie sich. Zum Bahnhof Oriente könnte man die neue Metro nehmen. Aber sie will nicht unterirdisch schwarz sehen. Drüben ist eine Bushaltesstelle. Sie fragt einen Passanten, Estação Oriente? Er nickt.

Laut Stadtplan gehts jetzt einfach geradeaus. Aber der Bus biegt ab und kurvt durch einen Ortsteil, der Hamburg-Billstedt gleicht. Kein Mensch steigt zu, will heute niemand zum Bahnhof? Der Fahrer sieht aus wie ein Auftragsmörder des Drogenkartells in der Kultserie Breaking Bad. Wahrscheinlich hat er eine blanke Axt unter dem Sitz und fährt in die Wüste New Mexicos. Hier ragen zivile Wohntürme auf, sind von Wäsche umflattert, als hätten sie Flügel und könnten fliegen. Das gibt es in der Wüste und in Billstedt nicht. Eine alte Frau steigt zu und zwei Stationen weiter wieder aus. Die Fahrt dauert schon viel zu lange. Aber der Bus fährt nicht von Griechenland nach Deutschland, gehört keinem Schleuser, Marie ist kein Flüchtling. Das Draußen sieht allerdings falsch aus. Was will der Drogengangster hinter seinem Steuer auf der Schnellstraße? Und warum hält er jetzt in einer dunklen Unterführung? Estação Oriente, sagt der Fahrer und zeigt mit dem Daumen nach oben.

Marie stolpert raus, zerrt den Koffer über viele Stufen ein Stockwerk hoch, ans Tageslicht. Neben ihr schnurrt eine Rolltreppe. Dann sieht sie schon das filigrane Dach aus Palmen aus Beton. Sie streift durch das Gebäude, Durchzug von allen Seiten, die Architekten haben die Sommerhitze bedacht. Bis zur Abfahrt nach Vila Franca das Naves ist noch viel Zeit. Wer einen Stadtplan und den Stand der Sonne lesen kann, müsste hier ganz in der Nähe den Rio Tejo finden. Marie will sich den Fluss ansehen, ihm Grüße von der Elbe ausrichten. Und sie will das Geräusch hören, das es schon gab, als sonst noch nicht viel auf der Welt war: Wasser schlägt an Land.

*

Lino horcht vergeblich. Gestern schon sollten die Steine angeliefert werden. Für heute Punkt zwölf Uhr waren sie fest versprochen, zwölf Uhr ist lange vorbei. Sie stellt den Topf mit den Essensresten für ihre Hunde auf den Herd. Kein Motorbrummen und Hupen von draußen, kein Lieferwagen. Susannes Haus bekommt einen kleinen Anbau. Der Architekt hat den Abfluss vergessen, das Regenwasser steht auf dem Estrich. Dazu die Schlamperei des Steinelieferers, und der Maurer dreht Daumen. Sie pfeift Fetzen der Hymne, *Heróis do mar, nobre povo!* Helden der See und tapferes Volk und Portugals Glanz.

Ihre Hunde wissen, wenn sie pfeift, dann hat sie Sorgen, aber nur gewöhnliche, und also geht das Leben weiter.

Manchmal fehlt Lino hier die pingelige Pünktlichkeit der Deutschen, die allerdings, so sagt es Marten, jetzt nur noch bei aufrechten Osteuropäern zu finden ist. Nicht mal auf Beto ist Verlass. Der Bruder wollte heute Morgen seine Kabeltrommel rüberbringen. Wahrscheinlich sammelt er Esskastanien auf dem Gelände der Quinta do Espinheiro. Oder sitzt im Café am Stadttor in Trancoso. Sehr guter Espresso. Der Chef hat zwei Bilder gekauft. Versteckt sie nicht zu Hause, sondern er gibt sie den Gästen zu sehen. Richtig. Denn privater Kunstbesitz, das ist ein Fetisch, Weihrauch für den Käufer. Lino weiß, ihre Freunde würden ihr widersprechen. Marten würde auf die Skulptur zeigen, die sie doch selbst dem Kollegen Eurico abkaufte. Sie würde weiter spotten: Gemälde als Verschönerung des Eigenheims! Schon in Ehezeiten reizte sie Martens Bemühen um ausgewogenes Denken. Sie sagte ihm, die Helden der See werden erst ruhig, wenn sie tot sind.

Als Rupert noch lebte, fuhr er einmal mit Lino nach Ostberlin, vor der Wende. Seine Cousine Brigitte war Ärztin an der Charité. Sie interessierte sich für Kunst, sie kaufte, mietete und tauschte Bilder. Sie entwickelte einen Brauch: Viermal im Jahr ein Samstag lang offene Wohnung, die Ausstellung ist eröffnet! Immer neue Arbeiten. Leihgaben von oft unbekannten Künstlern, die Freunde von Freunden von Freunden empfahlen. Lino hatte Zeichnungen dabei. Die Cousine sah die Blätter lange an und wurde freudenrot.

Rupert hatte mit Familie nie viel im Sinn. Aber er sagte, ihr beide seid doch Verwandte! Brigitte schickt noch immer viermal jährlich E-Mails mit Ausstellungsbildern herum. Linos Zeichnungen wanderten weiter. Zuletzt gab es den Gruß einer Unbekannten aus Warschau, deren Fotos zeigten Neubauwände, sie waren tapeziert mit Bildern, und darunter die beiden Linos. Alles Verwandte, von Warschau bis nach Feital.

Man könnte nach Berlin reisen, nach Polen, die Welt steht offen.

Auf den Pferden des Schusters reisen.

Man hat das Land zu versorgen. Die Erde ist steinig. Man hat seine Arbeit zu machen. Für die man frei entschieden hat. In Grenzen frei. Manches kommt zufällig zustande. Wenn sie 44 nicht in Feital, sondern in Hamburg auf die Welt gekommen wäre, vielleicht lebte sie nicht mehr. Bomben, Feuersturm und aus. Oder sie und ihre Eltern hätten überlebt. Nette Eltern und nette Nazis, vielleicht. Aber der Vater als ein Bauer in der Stadt? Undenkbar. Wenn er nun im Rheiderland geackert hätte. Kleierde und Kühe statt Steine und Kühe. Hätten die Eltern ein Mädchen studieren lassen? Lange hat sie über diese Dinge nicht mehr nachgedacht, wahrscheinlich zuletzt als Kind: Wenn nun Adam und Eva nicht den Kain und den Abel gezeugt hätten und immer so weiter, wenn Lavinia Felipe niemals begegnet wäre, dann wäre sie nicht hier und würde sich den Kopf zerbrechen, weil es diesen Kopf nicht gäbe. Der kann nicht nirgendwo sein. Er denkt, dass es kracht.

Alte werden Kinder. Einundsiebzig ist heute nicht alt. Felipe war runzelig, als sie ihn zuletzt sah. Lino reibt sich ihre glatte Stirn. Dahinter, drinnen, poltert es. Als würden Felsen von einer Seite zur anderen geworfen.

Rupert sagte, er habe erst spät, über fünfzig Jahre nach Kriegsende, versucht, den polnischen Ort zu finden, wo sein Vater starb, erschossen wurde. Als Soldat im Feld. Ein freundlicher Nazi. *arm arm. böse böse. das pferd im bett.* So schrieb er ihr einmal. Was meinte er damit? Sie verstand auch nicht, was Rupert in polnischen Wäldern wollte. Tot ist tot.

Lino geht ums Haus zu ihrem Quittenbaum. Im Geäst im Wind das leise Klirren rostiger Drahtgestalten.

Immer wieder gab es Phasen, in denen ihr Skulpturen oder Plastiken zu schwer erschienen, zu massiv. Mitte der Neunziger schlug sie, es war noch in Hamburg, aus Kirschholz einen gezwirnten Faden. Länge 1,60 m, Volumen etwa 40 cm. Marten nannte ihn den Suppenkasper, ihren Anorektiker. Ich esse meine Suppe nicht. Warum musste er jede abstrakte Form mit einer Geschichte aufladen? Ihr ging es nur darum, das klassische Volumen aufzubrechen.

Sie spielte mit herausgesägten Holzscheiben, verkantete Schablonen von Körpern ineinander. Als wären das geschlitzte Blätter eines Steckkartenspiels.

Dann fielen ihr die Kleiderbügel in die Hände. Einfacher Draht. Er musste nicht an seine Funktion gekettet bleiben. Lino bog Drähte. Grenzgängerei. Warum auch definieren, ob das, was sie machte, noch eine Art von Zeichnung war oder schon eine Plastik? Ein Punkt geht los, zieht eine Spur nach sich, wird eine Linie, gewinnt Gestalt.

Die Wachteln liefen lachend durch das Atelier. Lino weiß noch, wie sie ihnen zusah, als der Anruf kam. Nachricht von Beto aus Feital. Herbst 1995. Sie flog nach Portugal. Der Vater wurde auf dem Dorffriedhof beerdigt. Zurück in Hamburg, machte sie mit ihrer Arbeit weiter. Besorgte sich mehr Draht, den sie nicht schweißte oder knotete, nur bog, in einem Stück.

Ein Versuch, etwas zu verstehen, das sie nicht verstand.

Hier im Quittenbaum im Wind das Schwingen von drei filigranen Figuren.

Der Bauer liest. Der Bauer isst. Der Bauer fliegt.

Rostiger Draht. Umrisse.

Felipe, auf einem Stück Erde kauernd, sein Lesen ist Sammeln von Früchten. Felipe, stehend, er hält eine Frucht vor dem Mund. Dann ist der Vater aufgehoben im Flug.

Mobiles aus Draht. Drei fließende Bewegungen, mit Schnur in die Äste der Quitte gebunden. Sonnenlicht fällt durch die Zweige und Blätter des Baums.

*

Mein ganzes Leben habe ich geackert. Ich habe gesät und gepflanzt. Bäume, die sehr hoch geworden sind und die gut tragen, für meine Kinder und Enkelkinder. Es gibt ein Lied und das geht so.

Kastanienbaum ohne Früchte, kannst keine Kastanien geben.

Der arme Mann ohne Geld kann keine Liebe nehmen.

Verschiedene wertvolle Bäume habe ich gepflanzt, Nussbäume, Apfel, Birnen, Feigen, Kirschen, sie geben geschmackvolle Früchte. Hunderte von Olivenbäumen habe ich gepflanzt hier in Feital. Die Früchte werden sehr geschätzt und Weihnachten geerntet.

Wir singen: Unter dem Olivenbaum ist es schön, sich zu lieben. Die Blätter sind so fein, es kommt kein Mondschein durch.

Die Spatzen fressen eine Olive, sie fressen zwei, sie fressen drei, dann aber keine mehr.

Einige tausende Weinpflanzen habe ich angesetzt auf dieser Erde, die von Natur aus nicht geeignet ist für gute Weinberge. So arm, so steinig ist das Land.

*

Es war gefährlich, den Citroën durch das Felsgeröll den Hang runter bis ans Gehöft zu poltern, sie ließen ihn am

Straßenrand in Ginsterbüschen stehen. Marie und Rupert hatten einmal zusammen mehrere Wochen lang in der Quinta do Espinheiro gewohnt. Felipe lebte in dieser Zeit schon mit Hilfe der jüngsten, besten Tochter in Porto. Seine Söhne in Feital nutzten den abgelegenen kleinen Hof kaum mehr. Die Quinta: Gebaut aus den Granitsteinen, die hier von Ewigkeit zu Ewigkeit vom Himmel fielen oder die von der mageren Erde ausgespien wurden. Ein Haus, wie alle sie hier bauten, seit Jahrhunderten, aus grauen grünen flechtenbewachsenen Steinen. Ein Haus als Teil des Gesichts der Landschaft, kaum unterscheidbar von ihr. Unten ein Stall, darüber zwei Kammern, Küche, Klo. Eine Veranda bot Platz für drei Hocker. Innen waren die Mauern mit handgeschnittenen Brettern verkleidet. Ein Kamin in der Küche, meist gab es auch Wasser, wenn unten im Tal auf einer der dürren Weiden nicht gerade das Vieh auf dem Schlauch stand. Kein Strom in dieser Einöde, man hatte Kerzen, eine Öllampe und Batterien für das Radio. Man fegte den Dreck durch rissige Dielen direkt in den Stall. Man hustete im Rauch des Kamins, der so oder so zog oder auch nicht. In der Holzglut stand ein bauchiger gusseiserner Topf, ein Dreibeiner mit Henkel und Deckel. Rupert brachte das Wasser immer sehr schnell mit einigen zusätzlichen Pinienzapfen zum Kochen, schon konnte er Tee aufbrühen.

Marie in einem der Rauchercafés im Bahnhof Oriente. Sie hat sich häuslich eingerichtet. Der Tisch ist gedeckt mit Papieren und Mäppchen, Stadtplan, Tabaksbeutel, Fotoapparat und Kaffeebecher. Sie blättert in den losen handgeschriebenen Seiten. Wer hat Linos Vater ausgefragt und wer hat übersetzt und wer hat aufgeschrieben?

Noch ein Lied.

Es war der Wein, es war der Wein mein Gott, der mich verhexte. Nur mit dem Sterben werde ich ihn lassen.

Bis ich fünfunddreißig Jahr alt war, habe ich ihn nie ge-

schmeckt, nicht mal zu meinem Hochzeitstag. Ich genoss ihn erst einige Jahre nachdem ich die Pflanzen angesetzt habe und sie Trauben brachten. Jungs, wenn ich sterbe, soll mein Sarg mein Weinfass sein und dazu möchte ich eine Feige in der Hand halten.

Ich habe viel gesät. Ich habe viel geackert. Es sind Millionen Pinienbäume gewachsen. Dann kam der Waldbrand, alles verbrannte. Mir blieben meine Illusionen. Alter Pinienbaum vom Gebirge, du bist schon verholzt. Deine Brust ist nackt, man kennt deine Fehler.

Als Kleinbauer, das muss ich sagen, habe ich Kühe gekauft und verkauft, um für mein Leben zu sorgen. Aber betrügen habe ich nicht gelernt. Ich bin ein Zigeuner aus Ägypten, mein Leben ist Müssen, ich will Küsse und Umarmungen, wer gibt sie mir noch?

Mit fünfzig Jahren hab ich ein Diplom gemacht, um den Führerschein zu gewinnen.

Den ich so wenig nutzte. Nach drei Monaten bei einem Unfall bin ich gut davongekommen. So viel Glück, nicht einmal eine Fliege habe ich getötet. Wir waren zu sieben im Auto, nur einer musste genäht werden mit drei Stichen. Aber bei der Reparatur musste ich über 4000 Escudos zahlen, das werde ich nie vergessen. Zwischen Freude und Traurigkeit habe ich Geld nicht vermisst, es hat mir nichts versprochen. Geld ist ein Hexenmann.

Es war im Januar 1985, als ich Krankenpflege lernte. Mit meiner Frau Lavinia ins Krankenhaus. Hier ist meine Gefährtin fortgegangen, ohne Rettung. Ihr Leben ist zu Ende seit 8.2.1985. Es singt der Wind im Brombeergestrüpp, das Brombeergestrüpp singt im Wind. Nur dich, die ich so liebe, habe ich so lange nicht gehört. Auf Wiedersehen, meine liebe Frau. Den Platz auf dem Friedhof habe ich entworfen. Auch eine Straße habe ich zu bauen angefangen aber nicht beendet. Wegen der ökonomischen Lage des Staats habe ich viel Ärger gehabt. Auch mein Auto habe ich kaputt gefahren. Die Kirche von Feital habe ich renovieren lassen, 1958, so wie sie heute ist. Es hat 30.000 Escudos gekostet. Dann Strom und Licht, damit habe ich angefangen 1973. Zwei Brunnen habe ich bestellt, sie geben Wasser fürs ganze Dorf.

Dann das undankbare Telefon, das mich behexen will. Für andere ist es ein Vergnügen. Die Kirchenglocke habe ich um 15 Kilo vergrößern lassen, so dass das ganze Dorf sie hört. Ich habe alles gemacht, was mein Kopf sich vorstellte. Meine Aufgabe habe ich abgeschlossen, jetzt mit 78 Jahren. Ich bitte alle um Verzeihung, für alles was ich schlecht gemacht habe. Weil ich allen so wenig zeigte. Faulenzer, Analphabet, in der Schule habe ich nichts gelernt, das war mein Schicksal. Nur eine Umarmung habe ich euch hinterlassen.

Quinta do Espinheiro, Mai 1987, Felipe

Marie holt Luft. Die rohe, knochige Sprache. Ein Bericht, als müsse der Alte Zeugnis ablegen beim Jüngsten Gericht, buchhalterisch getreu, dann wieder so, als würde er singen. Marie denkt, das hier sind gültige Sätze.

Die Kellnerin verteilt mit ihrem feuchten Dreckslappen die Krümel auf den Tischen. Eine junge Frau, Highheels und schöner Hüftschwung, ihre Fingernägel sind bunte Lanzen. Felipe hätte ihr Urgroßvater sein können. Sie lächelt Marie an, zeigt auf die Kamera. Eine Olympus, analog, so handlich wie ein Faustkeil. Seems to be quite old, sagt die Bedienung. Marie lädt sie zum Sitzen ein, gibt ihr den Apparat und zuckt die Schultern, The pyramids in Egypt are rather old too. Die junge Frau nickt, wiegt das Gerät in der Hand, schaut durch den Sucher.

Schon 1987 muss außerhalb ihrer Vorstellung liegen. Zeit ohne Smartphone, ohne Selfies. Der Eiserne Vorhang quer durch Europa. Rüstungsspirale. Und Brunnenbau und Glockenkauf. Was würde die Junge von dem Bericht des Alten denken? Befremden, Neugier? Vielleicht eine Mischung aus Langeweile und Ehrfurcht. Die Junge würde einen Unterton von Zorn hören, wenn der Alte von früherer Armut erzählte. Sie würde ihr Gesicht verschließen, gegen den unverständlichen Vorwurf.

Was sind die Träume einer Kellnerin im Bahnhofscafé Lisboa? Endlich Feierabend. Oder: Sie wird bei einer Casting-Show entdeckt. Oder: Ihr Freund macht einen Heiratsantrag. Oder: Ein Stipendium der Uni. Auch mit einem guten Abschluss finden die Jungen hier kaum eine Arbeit, die diesen Namen verdient. Viele gehen ins Ausland, dafür kommen Wanderarbeiter aus der Ukraine, aus Rumänien.

Marie fragt, Do you like living in Lisboa? Have you been born here? Das Englisch der Bedienung ist besser als ihres.

Ich bin auf dem Land geboren. Lisboa ist meine Tür zur Welt. So dachte ich. Aber man lässt mich nicht rein. Die Welt ist da, die Tür ist da, es sind viele Türen, und hier bin ich. Nicht einmal ein Floh hilft mir, hineinzukommen. Im Dunkeln erkenne ich einen Glanz, aber trotz aller Mühe stehe ich draußen. Will niemand außer mir hinein? Die Welt sagt mir, noch nicht. Dieses Gesetz versteh ich nicht. Ich stehe vor der Welt mein Leben lang und komme nicht zu ihr, und eines Tages wird die Tür geschlossen.

Highheels, bunte Krallen. Traurige Augen wie der letzte Mensch der Erde. Oder es ist die Traurigkeit der Jugend. Oder die Saudade. Prag in Portugal.

Marie will etwas sagen, als die junge Frau strahlend aufspringt: Desculpe. Da sind sie endlich, mich zu holen! Ein junger Mann mit einem Kind im Arm kommt näher. Die drei verschwinden im Hinterraum des Cafés. Sie könnten Felipe heißen, Lavinia und Lino.

Die Suche nach den Lebenssternen, mit denen man navigiert. Kinder zeugen, Bäume pflanzen, Häuser bauen. Bilder malen. Lernen. Straßen bauen, putzen, Gäste bedienen. In

Städten und auf Feldern rackern und ackern. Und wenn es viel war, so war es Mühe und Arbeit. Aber dann auch: Hier mal gesungen und Wein getrunken, da mal mit Mann und Kind nach Hause gegangen. Schließlich Umarmungen hinterlassen.

*

Herzlichen Glückwunsch zum Geburtstag. Im Internet löscht Lino alle Angebote, günstig einzukaufen.

Über den Bildschirm schweben Luftballons.

Nachbar Emilio freut sich auf jede Post. Bei Lino überwiegt die Sorge, was nun wieder kommt.

Eine E-Mail vom Theater in Guarda, es erinnert an eine Premiere. Das Stück läuft nächste Woche an. Soll sie auf Schusters Pferden nach Guarda reiten?

Sie weiß, wenn sie will, kommt sie überall hin.

Immer war es schwierig, sie aus ihrer Arbeit wegzulotsen. Freunde konnten Lieder davon singen. Autos, Busse, Bahnen, Flugzeuge, alles zu schnell, zu eng, verschlossen. War sie erst unterwegs, dann war es gut. Man muss Reisen nicht kategorisch ausschließen, aber es zieht sie derzeit nichts fort. Die letzte Tour im Sommer nach Lisboa reichte.

Von dort kommt neue Sorge, vom kleinen Kulturverein Luz. Lino war aktiv dabei, als er gegründet wurde. Die Aufgabe. Kunst aller Art in der Provinz entdecken und sie umgekehrt in die Provinz bringen. Sergio und die drei anderen Kollegen in Lisboa haben leider anderes zu tun. Wenn sie seine ellenlange E-Mail richtig liest, dann ist es so: Eine geplante Filmvorführung in Foz Côa muss vom nächsten Frühjahr auf den Herbst verschoben werden. Schwierigkeiten mit den Anträgen auf Fördergelder. Sergio und die Kollegen haben wieder Fristen verschlafen, haben klare Arbeitsaufträge verwischt. Vereine sind ein Kreuz.

Aber allein ist man verraten und verkauft. Als Marten der Laufgruppe beitrat, um mit anderen um die Außenalster zu joggen, kam er stolz mit einem neuen T-Shirt an, *Schnelsen voran!* Aber die kleine Gruppe rannte tatsächlich regelmäßig, Martens Herz wurde besser, na bitte. Wir gründen einen Verein und sehen den Horizont offen! Schön wäre es. Lauter Zwerge, alle Hände voll zu tun, schwer atmend beschäftigt. Sergio soll keine Romane schreiben, er soll seine Arbeit machen. Lino schickt ihm einen klirrenden Zweizeiler.

Sie horcht nach dem Auto mit den bestellten Steinen. Immer noch kein Geräusch von der Straße, kein Hundebellen.

Eine unverständliche E-Mail vom Amt Vila Franca. Susannes Anbau besteht aus Estrich, Luft und einem Stapel Backsteine. Doch schon hat die Behörde eine Zusatzverordnung zur Zusatzverordnung parat.

Die privaten E-Mails hat Lino sich aufgespart bis zuletzt.

Beste Wünsche von Angelika aus Dresden. Eine bunte Karte, die so tut wie handgeschrieben. Luftballons sind auch noch mal dabei.

Martens Nachricht so wie üblich, im Betreff nur die formelhaften, immerhin ausgeschriebenen lieben Grüße. Lino öffnet das angehängte PDF. Es wirkt wie die schlechte Kopie eines veralteten Lexikons. Seit wann weiß er, was scannen ist? Das PDF sieht stockfleckig aus.

Lino, auch Linum oder Linnos. (> gr, lat Flachs, aus Lein Gefertigtes, die Schnur)

Geboren ca. 23000 v. Chr. im heutigen Distrikt Guarda, Portugal. Stirbt mit etwa dreißig Jahren. Das 1919 entdeckte Skelett ist eines der wenigen gut erhaltenen Exemplare der menschlichen Spezies aus dem Paläolithikum.

Für zahlreiche später behauptete Wiedergeburten als Ziege oder Libelle lassen sich keine Belege finden.

Wir begegnen Lino um 1140 im Kloster Hohenburg auf

dem Odilienberg im Elsass wieder. Nachdem sie die Eheschließung verweigert hat, lebt sie in der Frauengemeinschaft unter Äbtissin Herrad von Landsberg. Lino nimmt teil an der Illustration des Hortus Deliciarum. Diese Enzyklopädie vom Garten der Köstlichkeiten fasst das gesamte Wissen der Zeit zusammen. Die Chronik des Klosters vermerkt, dass Lino am 25. April 1150 flieht. Ihr Motiv liegt bis heute im Dunkeln.

1498 wird sie unter den Schülern des Bologneser Kupferstechers Marcantonio Raimondi genannt. Unerlaubtes Studium des menschlichen Körpers am lebendigen nackten Körper sowie am Leichnam, verkleidet als Mann. Der Betrug fliegt auf. Einkerkerung und Flucht, danach verlieren sich ihre Spuren erneut für längere Zeit.

1720 sieht man sie im Tross des portugiesischen Königs João V. Lino arbeitet als Steinmetz beim Bau des Klosters zu Mafra im heutigen Distrikt Lisboa. Ihre Affaire mit einem ketzerischen Pater, der die Kunst des Fliegens erlernen will, bleibt nicht lang verborgen. Lino entzieht sich dem Gericht. Verschollen 1724.

Ein einziges Selbstporträt ist uns aus diesen Jahren überliefert. Die hohe Stirn zeugt von Intelligenz und Eigenwillen. Neben der überlangen Nase fällt die Stellung der Augen auf, ein leicht schielender Blick, der dem Betrachter zu folgen scheint.

Die Quellenangabe unter dem Text hat Marten handschriftlich hinzugefügt: *Neumayers kleine europäische Kunstgeschichte, München 1953, Band VII. Standort: Staatsbibliothek Hamburg. Nicht entleihbar.*

Darunter gibt es einen Leserkommentar, auch der von Hand, doch unregelmäßig, als hätte Marten mit links geschrieben.

Wer kann schon noch mal anfangen? Aber wir geben nicht auf. Vivat, die Südsee!

*

Palmen wachsen in den Himmel, ziehen mit den Wolken. Palmen aus Beton, die filigrane Architektur des Bahnhofsgebäudes Oriente.

Am Bahnsteig schlängelt sich ein Mann durch die wartenden Leute. Er wiederholt ein Wort, er sagt es halblaut in die Luft. An seinen Handgelenken glitzern sechs Uhren. Nah bei Marie steht ein Alter, Bechterew, mittleres Stadium. Zu seinen Füßen eine Handtasche aus Kunstleder mit einem blühenden Oleander, der ihn überragt. Der Schwarzhändler erkennt den Alten, geht halb in die Knie, redet auf ihn ein. Der Alte nickt und nickt und nickt, dann krempelt er den Ärmel seiner Jacke hoch. Noch eine dicke funkelnde Rolex.

Der Zug in Richtung Coimbra ist kaum besetzt.

Marie nimmt einen Fensterplatz in Fahrtrichtung und sieht den Palmen nach. Desculpe, sagt ein junger Mann. Hält ihr sein Ticket hin, die Reservierung. Er zieht ihren Koffer durch den schlingernden Zug fünf unbesetzte Reihen weiter. Zeigt auf einen Fensterplatz in Fahrtrichtung und sagt, Your seat number. There has to be order. The landscape outside is nicer than at my place. Sie nickt automatisch, sure. Sie zuckt zusammen.

Draußen der helle Tag, hier in der Zeitzone ist es erst vierzehn Uhr. Draußen lichte weiße Hänge. Abgeerntete Felder, stillgelegte Fabriken. Wälder aus Binsen, wo ist der Tejo? Erster Halt in Vila Franca de Xira, blaue Kacheln an den Hauswänden. Das Wort maurisch taucht auf, schmeckt staubig, wie lange nicht mehr benutzt.

Autoschrottgelände, Containerlager, Eukalyptuswälder. Ein gelbes Staubgelände geht in satte grüne Wiesen über, ein Tümpel glitzert. Langbeinige Vögel stehen in einer geselligen Runde, schwarzweiße Vögel, Störche, Mutabor!

Industriebrachen folgen. Der nächste Halt Santarem. Wieder die Keramikfliesen, leuchtendes Kobaltblau. Azulejos, noch so ein Wort, das strahlt unterm Staub.

Bahnreisezeit war oft nur Arbeitszeit. Marie las Bücher, die sie für das Radio besprach, sie sah kaum aus dem Fenster. Erst in den letzten Jahren ist sogar die Fahrt ins Rheiderland etwas Besonderes geworden. Geh aus, mein Herz, Valderi, Valdera. Und immer läuft irgendwo draußen der ewige Mann mit dem ewigen Hund einen Feldweg entlang. Es ist überall der gleiche, der zwischen Augustfehn und Leer/Ostfriesland seiner Wege geht und den sie wieder entdeckt zwischen Unkel und Linz am Rhein, auf dem Weg zur Mutter. Der ewige Mann mit dem ewigen Hund. Unsterbliche, sie sind auch unterwegs in Portugal.

Marie lässt ihre Augen weiden, unverstellter Blick in die Horizontale. Um Tiefe und Weite zu sehen, legt sie in Hamburg den Kopf in den Nacken.

Draußen Felder mit orangen Kürbissen. Eine Herde weißer Rinder. Vertrockneter gelber Mais, die rote Erde, einzelne kleine Gehöfte. Auch hier gibt es inzwischen Gabionen, und auch hier sind sie besprüht mit Graffiti.

Ein grau uniformierter Schaffner kommt, vielleicht ist es der von einer der früheren Reisen zu Lino. Damals saßen Rupert und Marie nebeneinander im Zug, sie sahen ihm zu, wie er die Passagiere einzeln freundlich forschend musterte. Als wäre er Arzt, der sich einen ersten Eindruck verschafft. Einigen Leuten schüttelte er pflegerisch mit beiden Händen die Hände, ließ sie nicht los. Hinter seinem Rücken sagte Rupert leise, Das ist kein Schaffner, das ist ein Herr Doktor Schaffner.

Der Zug fuhr damals durchgehend von Lisboa bis nach Paris. Die beiden malten sich aus, einmal die ganze Strecke zu fahren, vielleicht gleich weiter nach Moskau und dann in die Transsibirische rein, Wladiwostok, Umsteigen Richtung Peking! Denn wie hieß es so richtig auf einem Zirkuswagen, der immerhin bis ins Rheiderland kam: Unser Feld ist die Welt! Sie aßen ihren Proviant, machten

Fotos, zeigten sich Hühner, Ziegen und drüben, sieh mal, Olivenhaine!

In Hamburg braucht man das Wort fast nie. Warum spricht man nicht von Olivenwäldern oder Feldern? Und warum spricht kein Bauer aus dem platten Alten Land von seinen Apfelhainen?

Hier die Hügellandschaft, auf Terrassen schmale Felder, Stückwerk, Zwickel. Die schweren Rheiderländer Trecker würden die Stufenäcker zermalmen. Hiesige Traktoren sind so leicht wie Heuschrecken!

Marie sieht draußen Pfützen, hinter Coimbra hats reichlich geregnet. Lino wird froh sein, wenn die Wolken es bis nach Feital geschafft haben.

*

Immerhin sind jetzt die Steine für den Anbau angekommen. Der Fahrer am Steuer des Kleintransporters strahlt Lino an, als hätte es keine Verspätung gegeben. Wie gerufen sind auch der Maurer und Bruder Beto da, laden die Ziegel aus Kalksandstein ab. Lino muss sich um nichts kümmern.

Der Postbote fährt vor und gibt ihr ein Päckchen von ihrem jüngsten Bruder José aus Paris, er hat es neulich telefonisch angekündigt. Das ganze Päckchen ist mit Klebeband umgewickelt, eine ägyptische Mumie. Innen Unmengen von Stopfmaterial, sie streicht die Zeitungen glatt. Das werden Fidibusse fürs Kaminfeuer. Marten liest Le Monde diplomatique vermutlich immer noch im Original. Die deutschen Übersetzungen verhöhnte er. Gekürzt! Geschönt! Sie hatte ihm gesagt: Dein Französisch klingt nach 4711.

Lino öffnet eine buntverpackte Schachtel. Glückwünsche der Pariser Schwägerin, eine biologische Bodylotion mit Passionsblumen-Extrakt. Demnächst hat Betos Frau Neves Geburtstag. Ein gutes Geschenk. José hat seinen Blödsinn neulich telefonisch ernst gemeint, er schickt tatsächlich Salbe für die eitrige Geschwulst an Vascos Bauch. Verwechselt Mensch und Tier. Der alte Vasco läuft immer noch mit den jüngeren Hunden herum, trotz Krankheit hier und da. Er hört auch kaum mehr, vielleicht bellt er deshalb so laut. Wenn er Krebs hat, hilft Josés Pariser Salbe so wie Hirschtalg oder eine Kerze für die Jungfrau. Eines Tages wird der Hund sich zum Sterben fortstehlen in die Berge. Oder er will ein Gnadenlager neben Blimunda im Haus. Noch gehts ihm gut. José war immer schon ein Weichei. Hätschelkind. Der jüngste Lieblingssohn auf Mutters Schoß, his majesty, the baby. Er wickelt Frauen um den kleinen Finger, doch die neueste Ehefrau schlägt ihn in Ketten. José raucht nur noch draußen. Die Frau hat ihn zum Vegetarier gemacht. Wenn die beiden nach Portugal kommen, bedauern sie jede Wildsau, die duftend im Ofen brät.

Lino steht in ihrer Küche, wiegt das Hähnchen in der Hand, das Beto pünktlich und verlässlich, wie er ist, ihr aus Trancoso mitbrachte. Nur noch eine Nachbarin im Dorf hält Federvieh, und die verkauft es nicht. Lino durchtrennt den Rücken des Hähnchens der Länge nach, schneidet das Brustbein auf, faltet das Tier auf, drückt es flach. Als Hauptgang wird es heute abend plattgedrückten Hahn geben. Sie pinselt ihn mit selbstgemachtem Piripiri ein. Die Chilischoten werden von Woche zu Woche schärfer.

So gehts, das liegt am Alter. Einundsiebzig Jahre.

Die Ziege bei der Zeichenarbeit morgens sah jung aus, das lag an Linos Neugier, an ihrer Entdeckungslust.

Doch mancher Alte wurde so schneidend scharf, dass man nur aus dem Weg gehen konnte.

*

Felipe still doesn't speak with us. Er lebt noch immer in einer Kammer in Porto. Unsere jüngste Schwester hat das organisiert, als er das Haus verlassen hat. He spent his whole life in Feital! Er weigert sich, mit uns zu sprechen, schreibt keine Briefe. Telefoniert nicht. Lino soll ihn in Porto besuchen, sie muss mit ihm reden.

Rupert und Marie saßen mit Beto auf der Terrasse der Quinta do Espinheiro. Es war die Reise 1991.

But Felipe refuses to know anything from Lino too, sagte Rupert.

Es war die Zeit der Stille nach dem Sturm.

Antonio und Beto, die starken Söhne in Feital, hatten gebaut und geackert, wie sie es für richtig hielten. Ein Versuch mit einer neuen Rebsorte. Behutsame Neuerungen im Haus. Außen waren die alten Steine unverändert geblieben, roh und flechtenüberzogen. Innen kam die zittrige Elektronik unter den Putz. Im Keller wurden Wände eingerissen, Lagerräume vergrößert. Der Vater nannte alles falsch, José in Paris war alles egal. Lino war aus Hamburg zu Besuch gekommen, sie fand die Arbeit der Brüder richtig.

Der zornige Alte hatte erklärt, er werde hier nicht mehr gebraucht. Dann bleibe nur eine Lösung. Sie, die liebste, die älteste Tochter, solle ihn mit nach Deutschland nehmen. Bei ihr und Marten wolle er seine letzten Lebensjahre verbringen, in ihrer Obhut.

Lino hatte ihm gesagt, so freundlich wie entschieden: Vater, Sie wollten viele Jahre nicht mal zu Besuch nach Hamburg kommen. Ihre Wurzeln sind hier. Und ich, ich bin kein Hirte. Wenn ich was zu hüten habe, ist es meine Arbeit. Ihr habe ich Treue versprochen.

Der Alte verschwand mit Hilfe der jüngsten Tochter grußlos in Porto in einem Stift.

Beto sagte zu Marie und Rupert: Our neighbours are

speaking bad about the family, since father has gone. Das ist nicht wichtig. Aber er tut uns leid. Wir wollen Frieden mit dem Patriarchen.

Dies ist die Zeit der Könige nicht mehr. Rupert murmelte Hölderlin in sich rein, den Satz des Empedokles, der es gern demokratisch wollte.

Beto goß frischen Tee nach. Rupert sagte zu ihm, Manchmal kann ein Vater nicht in Frieden gehen. My father was such a man too. Manchmal braucht ein Mann Krieg, um sein Leben zu beenden.

Beto nickte. Unser Vater war immer ein Messer. He cut the connection with us. Wir müssen unseren Weg gehen.

Die Abenddämmerung zog auf. Nahe der Quinta aus dem Wipfel eines Baums der weiche Flug einer Eule, ihr leises Fühüp.

Die Stille nach dem Sturm hatte keiner mehr aufbrechen können. 1995 starb Felipe in Porto. Er wurde, wie er es angeordnet hatte, in Feital beerdigt.

Marie im Zug, auf ihrer Reise zu Lino, auf einer Reise durch alte Zeiten.

Am hellen Himmel zeigt sich ein Stück Mond.

In ihren Ohren dröhnt die Bahn. Tunnel, Schneisen durch hohe Felsen, nur ein Gleis zwängt sich durch diese Enge. Hohe Wände aus Granit, so drückend nah, dass man sich klein machen will. Im Abteil sind kaum mehr Passagiere, die meisten stehen inzwischen. Vielleicht wegen des langen Sitzens, vielleicht aus Beklemmung, um leichter zu atmen in all dem Stein.

Dann wieder ein Ausblick, fern ein schwarz verbrannter Wald. Dann zieht sich eine lange Reihe Windräder über die Berghügel.

Beto erzählte mal, wie schwer es früher war, den steilen Weg in die Berge zu machen. Zeiten der Dampflokomotive. Nah der Ortschaft Celorico setzte der Lokführer mehrfach zurück und nahm Anlauf, um glücklich die Steigung zu schaffen.

Der Zug hält in Vila Franca das Naves, ein kleiner Bahnhof. Fast achtzehn Uhr.

Marie hievt ihren Koffer auf den Bahnsteig. Einen Augenblick steht sie nur da. Lässt die hochgezogenen Schultern fallen, legt den Kopf in den Nacken. Am hellen Himmel der Mond. Wenige dicke Wolken, Frau-Holle-Kissen, an den oberen Rändern leicht zerschlissen. Hoch darüber die Besenstriche der Cirruswölkchen. Bom dia. Wie gehts euch?

An der Straße warten Taxis, ein altes Ehepaar spricht Marie an, O.k., Feital, Senhora Lino, quatro euros. Die Frau sackt den Koffer ein, setzt sich ans Steuer, der Mann ruft ihr zu, wie sie ausparken soll.

Marie könnte den Weg aus dem Ort nicht zeigen, dann kommen vage Erinnerungen, hier geht es rechts ab, von der kleinen auf eine noch kleinere Straße.

Und da, hinter der Kurve immer noch der tausendjährige Maronenbaum. Der Baum ist hohl, und bis zu zehn Personen können sich hineindrängen. Das Wahrzeichen Feitals. Die Dorfbewohner nennen diesen Baum das Grand Hotel. Sie alle haben ihn fotografiert, erst in Schwarzweiß, später in Farbe, dann mit dem Smartphone, sieh mal das Bild, ein Baum voller Leute, und hier dieser Haarschopf mit Filzhut, schick schräg auf dem Kopf, das war dein Urgroßvater.

Marie holt Luft, da ist er ja, sagt sie, Grand Hotel. Die Fahrerin versteht den Ausdruck, lächelt, muito bom, und redet weiter. Marie versucht zu sagen, sie soll an der Dorfkirche halten. Das Taxi muss doch nicht den Bauch einziehen, um den engen Weg zu Linos Grundstück hochzupoltern. Schon steht es vor dem Haus.

Lino, klein im großen Overall, mit schweren Schuhen, schwarzem Hut. Sie hält in der Hand ein Beil. Die lange Nase, die Haut aus Olive, der schwarze Blick.

Sie fallen sich in die Arme, zwitschern Küsse hin und her, schütteln die Köpfe, lachen.

Angekommen.

Marie will gleich einen Tisch zum Geburtstag decken.

Lino sagt, die Sonne legt sich hin in einer Stunde. Machen wir einen Rundgang.

Ihre vier Hunde bellen und hüpfen.

Im Freien.

Nach so vielen Stunden Enge und air condition jetzt Bewegungsfreiheit, Luft.

Sie riecht nach Steinen und Laub, nach Klarheit und Regenwürmern und Nässe, findet Marie. Heute Nacht war ein schweres Schütten, sagt Lino, aber die Sonne am Tag hat immer noch Kraft.

Das kurze Gras auf der steinigen Erde ist nicht mehr gelb versengt, sondern schon wieder grün nachgewachsen, der Herbstkrokus blüht, die Hunde schnappen nach einander und nach Schmetterlingen, ein Trampelpfad führt hangauf.

Oben am Ende des Grundstücks stehen acht Maronenbäume. Die Esskastanien sind gerade reif geworden. Unser Arbeitsplatz für die nächsten Tage, sagt Lino, aber das ist noch nichts. Antonio und Beto waren heute bei der Quinta do Espinheiro, Kastanien sammeln. Weißt du noch, wie viele Bäume da wachsen? Die beiden können von jetzt bis Dezember ernten.

Marie fragt, Wie sieht die Quinta aus, wird sie noch manchmal bewohnt?

Lino sagt, Nein. Vor einigen Jahren hat ein Zigeuner die gute Holztür eingeschlagen, um drinnen zu schlafen. Beto hat eine andere besorgt. Denn für wilde Hunde gibt es keine Quinta. Aber er lässt den Schlüssel stecken. So hütet er die neue Tür. Wenn ein Mensch Schutz braucht, bitte. Ich komme dort nicht hin, hier gibt es Arbeit genug.

Schon von Hamburg aus hatte Marie gesagt, sie wolle helfen. Unter den Bäumen Teppiche und Nester mit grüngelben Stachelbällen. Lino zeigt ihr, wie man sie mit den

Schuhspitzen auseinandertritt, ein geschicktes kleines Ballett, schon kullern die Maronen aus den Schalen. Die grünen Kugeln sollst du vergessen, sagt Lino, die sind unreif. Grüngelb müssen sie sein!

Marie kickt Stachelkugeln fort, anstatt sie aufzubrechen. Lieber hält sie sich an die schon aufgesprungenen Maronen und liest ein paar auf, sie reißt sich den ersten Splitter, autsch. Was war der Unterschied zwischen Stacheln und Dornen?

Jetzt hast du einen Eindruck, sagt Lino. Morgen gebe ich dir einen Hut. Klar, sagt Marie verständnislos.

Lino nimmt ihren ab, reibt Schweiß von der Stirn. Ihr rabenkurzes dichtes schwarzes Haar.

Marie fragt, Wo ist dein Skorpion? Die Freundin hatte doch immer den dünnen langen drahtigen Zopf hinterm Ohr, ihren Skorpionstachel nannte sie ihn.

Lino sagt, Du hast es vergessen, er ist schon lange weg. Das Leben ändert sich. Heute hab ich an jedem Fuß sieben Zehen. Und auch ohne meinen Stachel kann ich stechen.

*

Im Haus Wolken von Wärme und Düften. Kleine Geräusche. Lino schnippte mit den Fingern, und gleich loderte das Feuer im Kamin. Schritte, Töpfeklappern, beide gehen hin und her, Lino gießt Rotwein ein, sie stoßen an.

Marie deckt den großen Tisch zum Abendessen, auf eine Seite stellt sie ihre Mitbringsel. Kleine Geschenke, wenn sie an den Vogelmenschen denkt, den Feuervogelfreund aus Kirschholz. Lino hatte ihr die Skulptur zum letzten Geburtstag mitbringen lassen.

Der Tisch und ein paar Möbel standen früher in der Wohnung Hamburg-Hohenfelde. Das Knarzen der Besteckschublade, vergessen, vertraut. Auf dem Kaminbord sieht sie ein Objekt wieder, auch das vergessen, ein zweckentfremdeter, verwandelter, ein zu sich selbst gebrachter roter blauer Wasserhahn. Im Atelier in Hamburg schien er zu krähen.

Jetzt hier Linos Stimme, dunkel wie immer. Zweisprachige Sätze: Deutsch für Marie, und für Blimunda Portugiesisch.

Sie stoßen noch mal an, Willkommen, und noch mal viel Glück zum Geburtstag, schon gut. Lino besieht sich die Geschenke, lobt Brote und Fische, freut sich an dem Luftballon. Woher kommt die Bodylotion? Passionsblumenextrakt, liest sie. Biologischer Anbau. Kommentarlos überfliegt sie das Kärtchen von Dagmar.

Jetzt wollen wir endlich essen. Es gibt Salat mit gebratenen Pilzen, Tomatenreis und plattgedrückten Hahn mit Rosmarin und Piripiri. Ein Kitzelwort, das Marie nicht kannte. Das Gewürz schmeckt feurig. Die beiden werden von einer Woge getragen. Sie haben sich drei Jahre nicht gesehen.

Lino sagt, Mein Bauch ist eine Trommel. Aber den Räucheraal muss ich probieren. Hat der den Flug geschafft? Gabs keine Probleme mit dem Gepäck?

Marie ruft, Deine Messersammlung!

Die Freundin hatte, noch von Hamburg aus, ein erstes internationales Künstlersymposium in Feital organisiert. Marie, die noch im Rheiderländer Dorf lebte, war als Chro Hohenfelde an. Anderntags, frühmorgens, schaffte Marten es mit Ach und Krach, die beiden rechtzeitig zum Flughafen Fuhlsbüttel zu kutschieren. Dort zeigte Lino den Angestellten ihr Handgepäck, ein Futteral mit Messern verschiedener Größen, die sie für die Holzarbeit brauchen würde. Zu kostbar, um zu riskieren, dass die im Frachtgepäck versehentlich nach Rio de Janeiro reisen würden. Wohin damit? Eine Flugbegleiterin entschied: So was ist im Passagierraum zu gefährlich, ich lege Ihr Werkzeug ins Cockpit. Nach der Landung kriegen Sie es wieder. Während des Flugs fragte der Pilot übers Bordmikrophon, Will jemand meinen Arbeitsplatz besichtigen? Marie und Lino meldeten sich. Durften nach vorn. Sie standen in der Tür zu der bedrückend engen Kapsel. Der Kapitän erklärte ihnen was. Vor ihm in Reichweite lagen Linos Messer.

So konnte es vor dem 11. September 2001 gehen. Vorher und nachher. Der Einschnitt dient vielen Leuten dazu, ihre Erinnerungen zeitlich einzugrenzen.

Lino fragt, Wie siehts in Hamburg aus?

Marie sitzt satt und wohlig warm vor dem Kaminfeuer, sie räkelt sich.

Die Philharmonie verschönt die Stadtsilhouette. Alles Gewöhnung. Im Volksmund heißt sie schon Elfie. Unter der Lombardsbrücke tummeln sich die Haifische. Und die Elbe fließt immer noch richtig rum, in die Nordsee.

Sie beugt sich vor. Was ist das in Lisboa für ein Theater am Tejo?

Während der langen Wartezeit auf den Zug ist sie vom Bahnhof aus zum Fluss gelaufen.

Lino fragt, Du meinst die Gondelbahn am Ufer? Die ist zum Ruhm von Portugal und seiner Größe. Früher hatten wir Eusebio, pantera negra. Fußball-Leopard. Jetzt haben wir für die Touristen eine Schwebebahn. Wir sind auf einer Höhe mit den Leuten in den Alpen! Oder mit dem Volk in Wuppertal. Wir haben den Park der Nationen errichtet! Wir schaffen das Unmögliche. Nur das Mögliche und Nötige schaffen wir nicht. Gute Schulen, gute Krankenhäuser. Wir wollen es wohl nicht.

Marie holt Luft, um reflexhaft zu widersprechen. Was heißt denn dieses majestätische Wir? Kleines Einmaleins: Die Kenntnis widersprüchlicher Interessen!

Lino ist aber nicht ihr Vater Doktor Phil, der ist lange

tot, und Mutter diskutiert nicht. Marie kann die Luft rauslassen.

Ein kurzer Stich im Kopf. Ständig verstrickt in andere Räume und Zeiten. Sie ist jetzt hier, Feital, 2015. Sie kennt doch Linos polemische Reden.

Also besinnt sie sich auf ihre Eindrücke in Lisboa, als sie auf einer Bank am Tejo saß. Sie sagt, das war gespenstisch. Lauter leere Kabinen schwankten oben an der Seilschiene vorbei, ihre Schatten zogen über die Promenade.

Unser Geld hängt in der Luft, sagt Lino. Aber das ist nicht der Abend, um Ärger zu kauen. Wie gehts mit deiner Schreibarbeit?

Marie zuckt die Schultern: Weg.

Lino fragt, Weißt du, warum?

Marie kann Doktor Phil genau erkennen. Schwarz geflügelt hockt er als Rabe auf dem Kaminsims und putzt sein Gefieder. Er findet, er ist Jäger, Kläger, Richter, Scharfrichter – und Angeklagter außerdem. Das macht ihm Angst. Das macht dem Rabenvater und der Tochter Angst. Denn wenn wirklich so viele Menschen in einem einzigen Menschen leben, wie soll der es wagen, sich zu rühren?

Lino sieht Marie an. Dann sagt sie, Das ist nicht der Abend, um Angst zu essen.

Sie gibt der Katze ein Stück Aalhaut. Blimunda frisst in Ruhe. Danach springt sie auf einen niedrigen Stuhl beim Kamin, schließt die Augen, legt die Pfoten übereinander.

Als wäre sie Papst, sagt Marie.

Kann Blimunda als Frau nicht werden, sagt Lino. Aber Kanzler. Was ist los mit Angela Merkel? Ich lese deutsche Zeitungen im Internet. Merkel ein Hippie? Das war ein Kommentar aus England. Sie geht in Sandalen von Jesus? Marten erzählt am Telefon, die Leute schreiben auf ihr Bettzeug, Flüchtlinge willkommen, und hängen es aus den Fenstern. Andere schreien im Netz: Merkel wird von der

SED gelenkt, man soll Teer auf sie gießen. Dann gibt es Feuer gegen Armenhäuser. Ich verstehe nicht: Habt ihr in Hamburg eine Fremdenflut? Was siehst du bei dir im Viertel? Tsunami?

Marie sagt, Vor dem Hauptbahnhof steht momentan ein Zelt für ankommende Flüchtlinge. Auch in der Wandelhalle gibts einen markierten Bereich für sie.

Draußen ein wildes Hundegebell. Lino geht raus, um nachzusehen.

Marie starrt in sich rein und weit nach draußen, bis nach Hamburg. Wie weiß man, was man sieht? Splitter von Eindrücken. Sieht man nur, was man weiß? Man geht durch den Bahnhof. Traktatverkäufer halten Bilderhefte hoch. Was lässt sich sehen? Die Nase sieht, in Mülltonnen gären Essensreste. Die Ohren sehen körperlose Stimmen, die Züge ansagen, sehen Musik. Die Augen sehen gegenüber von Gleis vierzehn im Gestrüpp an einer Wand an einem Abstellgleis den wilden Apfelbaum, von Efeu fast verdeckt. Unten in der Wandelhalle kauern hinter Absperrbändern Leute, Zugvögel. In ihren zerbrochenen Flügeln halten sie Einmaldecken, Mehrwegflaschen, Kinder. Man sieht Betrachter auf der Galerie im ersten Stock der Wandelhalle, die zu den Flüchtlingen hinuntersehen, man ist ein Betrachter. Man erkennt kein ganzes Bild, nur Bilder, übereinandergezeichnet. Gleichzeitigkeiten. Einwohner, Touristen, Flüchtlinge. Schemen, die sich überlappen.

Lino kommt ins Haus zurück, Desculpe, meine Hunde sehen oft Geister.

Marie sagt: In St. Georg am Bahnhof gibts alles und nichts zu sehen. Die Leute, die Asyl suchen, würden wahrscheinlich gern in Hamburg bleiben. Siehst du Flüchtlinge in Vila Franca oder in Trancoso?

Ich komme selten raus, sagt Lino. Es gibt Unterkünfte in Lisboa, es gibt einen Plan für ein Lager im Norden bei

Matosinhos. An unserer Küste landen keine Boote. Bei uns landen Flieger aus Osteuropa. Putin-Gegner, Kriegsopfer von der Ukraine. Die Leute hier haben keine starken Bemvinda-Gefühle. Es hieß, der Algarve-Tourismus ist in Gefahr, die Fremden nehmen unserer Jugend die Arbeit weg.

Lino zeigt nach draußen in die schwarze Nacht. Und hier? Wo ist hier in den Bergen Arbeit, die man stehlen kann? Hier gibts keine. Aber das ist nicht der Abend, um Sorgen zu nagen. Morgen um halb acht steht die Sonne auf.

Das Feuer im Kamin ist fast runtergebrannt. Sie stochert in der letzten Glut, rüttelt am Aschekasten. Hier gibts nur Stein und Staub.

*

Eine Feige fällt Marie vom Baum fast in die Hände, der süße Saft tropft vom Kinn. Die grünen Matten im Garten, gesprenkelt mit blaugelbem Herbstkrokus.

Alles geschenkt. Alles ist weich.

Alles ist harter Steinstaub. Hier gibts keine Arbeit.

Auf einer schmalen Terrasse östlich vom Haus hangab der Gemüsegarten mit Tomaten, Kohl und Kräutern. Lino sagt, Im Sommer war das Gießen schwer.

Der verwirrende weite Blick ins Tal, auf die Höhenzüge dahinter. Farben, die ineinander übergehen, Blau, Grau und Grün. Ein unbegreifliches Bild, zusammengesetzt aus Flicken. Wo hört ein Steinfeld auf, und wo fängt eine Mauer an, was ist Gestrüpp, was Weide, Wald? Tiefe, Dunst und Weite.

Die Dimension der Landschaft: Zu groß für Städter mit dem eingeschränkten Blick, schon das Grundstück von Lino lässt sich nicht fassen. Hamburg-Hauptbahnhof am Freitagabend, das bedeutet, sich zu panzern. Augen zu und durch.

Marie sieht den felsigen Boden. Unter ihren Schritten knirscht Geröll und kollert fort. Im Garten hangauf, Richtung

Westen, wachsen Feigenbäume auf kleinen Terrassen. Lino erklärt, Wir brauchen die Terrassen gegen Bodenerosion. Man muss die Erde schieben, auffüllen mit Kompost, Asche. Man muss Mauern legen.

Marie sagt, Das ist aber Arbeit.

Santa Mafalda faltet die Hände im Schoß, wenn meine Brüder hier bei mir Steine wälzen, sagt Lino. Dabei haben Antonio und Beto immer anderes zu tun, auf ihren Grundstücken, in ihren Gärten.

Sie reißt einen Ginster aus, verfluchtes Kraut. Es kommt der Tag, an dem verliere ich den Kampf. Sie zeigt hangauf. Ganz oben, wo die Maronenbäume stehen, ist ihr Garten linker Hand umgeben vom Ginsterdickicht des Nachbarn, übermannshoch das trockene dunkle Grün.

Der Nachbar lebt meistens in Kopenhagen, sagt Lino, er kümmert sich nicht um sein Land. Die Brandgefahr ist ihm egal. Idiota. Ich wollte ihn schon oft zur Rede stellen. Wenn das rote Feuerpferd losstürmt, erreicht es auch mein Grundstück. Dann Lebewohl, Haus, Garten, Tiere, Atelier. Der Nachbar stellt sich dumm und grinst. Fogo!

Marie fragt, Kannst du nichts gegen ihn machen? Die Gesetze sagen, Eigentum verpflichtet.

Der Staat darf eingreifen, wenn Not ist, sagt Lino. Man muss beim Amt einen Antrag stellen. Schon kommt die Feuerwehr und brennt den Ginsterdschungel ab. Mit viel Überwachung. Aber wer sagt, mein Nachbar steht mit seinem Landbesitz im Grundbuch? Der Eintrag kostet Geld. Wer sagt, der Staat ist interessiert, eine räudige Gegend zu schützen? Ich müsste selbst die Feuerwehr bezahlen.

Lino streckt die Hände aus. Da siehst du mein Geld für den Schutz vor Brand.

Es gibt oben am Berg schon lang den Feuerturm, sagt sie dann, von Mai bis September sitzt dort ein Wächter, wird alle vier Stunden abgelöst, so geht es Tag und Nacht.

Rupert war einmal allein losgefahren, Ende der neunziger Jahre. Portugal für ein halbes Jahr oder länger, er wisse nicht, wie lange er bleibe, er brauche die Stille zum Schreiben. Eine Woche später war er wieder da. Er hatte die Folgen eines Brands um die Quinta do Espinheiro herum gesehen. Das Haus stand unverletzt. Alles drum rum zerstört. Er war allein durch die Gegend gelaufen, die er nicht wiedererkannte. Eine Wüstenei von schwarz verbrannten, fettig verschmierten, zu bizarren Körben gebogenen Ginstergerippen. Er hatte sich verlaufen, hatte geschrien. Das erzählte er nach der Rückkehr.

Marie fragt Lino, Traust du den Wächtern im Turm?

Die Wacharbeit wird schlecht bezahlt. Lino reißt noch einen Ginster aus dem Weg.

Marie weiß nicht, wohin mit dieser Antwort.

Jetzt wollen wir aber mal Geld verdienen, sagt Lino.

*

Grüngelb oder goldbraun sind die Stachelkugeln am Boden, die der erfahrene Sammler sich vornimmt. Der Anfänger bleibt bei dem glänzenden Braun der Maronen, die freiwillig ausgeschlüpft sind. Die liest er auf. Und er begreift, man soll sich nicht im Licht stehen beim Arbeiten. Der Anfänger braucht Handschuhe, um die zarten Hände zu schützen. Er bückt sich dreimal, wo es einmal reichte. Nach ein paar Stunden Sammeln hat er Muskelkater. Seine Augen wandern über den Boden, gierige Augen, die schneller sind als Hände und Füße. Schon hat sich der Anfänger wieder den Knöchel vertreten. Ein Fuchs- oder Kaninchenbau, das kann passieren, wenn er nicht achtgibt. Aber gleich über ihm, auf einem sanft und sattgrün vermoosten Felsblock, leuchten in einem Sonnenfleck drei allerschönste, allergrößte Maronen. Ein Schritt, ein lüsterner Griff, und

Knack, da wimmern die Zehen des Anfängers. Denn das täuschend bemooste Gestein ist aus einzelnen scharfen, undurchschaubaren Schieferblöcken gemacht. Zack, haut dem Anfänger ein Ast gegen den Kopf, die Augen wachsen ihm schließlich nicht auf Stielen, die den Hut durchbohren und nach oben schauen könnten.

Marie gewinnt bald ein Gespür für große und kleine Maronen, auch für ihr Hohlsein. Achtung, Wurmlöcher! Wurmstichige Maronen wirft sie auf das Grundstück rechter Hand ins Ginsterfeld, wenn dort die Nachbarn nicht beim Sammeln sind. Sie geht nur noch mit Filzhut aus dem Haus.

Der Hut hütet, so sagt sie sich.

Die Augen suchend am Boden, ein Radius von ein paar Metern, der Mensch als gebeugtes Tier.

Einer wie Felipe hat seine Tage und Jahre mehr im Austausch mit der Natur als in dem mit Menschen verbracht. Er sprach mit dem Berg, den Wolken, den Maronen und den Reben, den Kühen. Es blieb nicht mehr viel Kraft, auch noch mit der Familie und den Nachbarn zu reden.

Über Jahrhunderte hinweg das Städterspotten über rückständige Bauern, die ihre Kuh anbeteten, bevor die ein industrielles Erzeugnis wurde.

Über Jahrhunderte hinweg das Städterschwärmen von der Einfachheit fern auf dem Land.

Hier, nahe, bimmeln Ziegenglocken jetzt und bis in alle Ewigkeit.

Einfalt, Idiotismus des Lebens, Schwachsinn des immer Gleichen.

Die Sinne sind nicht schwach, sondern empfänglich wie selten, konzentriert auf das Gegebene, auf Wind, Regen, Unebenheiten im Boden, auf Stacheln, auf Brombeerranken, auf blinkenden Tau in Spinnennetzen, auf tanzende Mücken, denen die Hunde nachjagen, wenn sie nicht miteinander raufen. Und jetzt hat einer im Spiel den fast vollen

Maroneneimer umgesprungen, der stand auf einer schönen Felsnase. Da stand er schlecht. Der Hund kriegt was zu hören von Marie.

Lino, drei Bäume weiter beim Sammeln, hat nichts gesehen. Aber dann kommt sie doch näher, sie zeigt auf den Boden zehn Schritte weiter. Siehst du? Marie sieht moosigen Granit, sieht schwarze Ranken, flechtenbewachsene abgefallene Zweige, grüngelbe goldene Stachelkugeln, braune Maronen, rund oder flach, sieht Laub von Grün bis Grau, Was gibts denn?

Der kleine Ast hat sich nicht von selbst in die Erde gebohrt wie eine Fahnenstange, weil ihm das gut gefällt, sagt Lino. Das Ästchen markiert einen Pilz. Cherchez la femme! Marie, fixiert auf Brauntöne und auf den runden Glanz der Maronen, versucht die Augen umzustellen, auf längliche Formen, auf Farben von Schmutzigweiß bis Hellbraun. Sieht nichts.

Die Frau ist eine Spitzmorchel, zeigt Lino. Wir lassen sie noch ein paar Tage wachsen. Kennst du den hier? Parasolpilz, Sonnenschirm auf Deutsch. Bei uns heißt er Mönch, er steht gern allein. Doch in der Nähe findet sich manchmal ein Mitbruder. Der Vater sagte oft: Vor meinem Tod will ich auf einem Priester reiten. Ach ja. Der Vater war vor Regenwolken fromm. Und feindselig gegen die Kleriker. Aber was rede ich von früher. Sie klopft dem Mönch mit einem Stöckchen auf den Hut.

Marie will gerne einen Pilz finden, strengt ihre Augen an. Macht drei Schritte, freut sich. Schnuppert. Zögert.

Deutsche nennen diese Pflanze Stinkmorchel, sagt Lino.

Marie hält sich wieder an die Kastanien. Schritt um Schritt und falscher Tritt, in eine Kuhle. Bücken, Sammeln, Aufrichten. Manchmal der Blick hinauf ins Geäst. Da hängen lauter verschlossene Kugeln. Doch unter ihnen gibt es welche, die öffnen schon verheißungsvoll die kleinen

Schnauzen. Man muss die entsprechenden Zweige erreichen, Marie auf Zehenspitzen schüttelt, rüttelt. Die Kugeln lachen unbeirrt. Der nächste Windstoß wirft sie ab.

*

Zweimal täglich jeweils zwei Stunden Maronenlese, vier bis fünf Eimer am Tag, ein kleines Pensum, für das sie sich entschieden hat. Lernen in der Kastanienschule, sorglose Stunden. Die Leute hier lebten von den Maronen, ehe die Kartoffeln nach Europa kamen. Noch für Felipe im zwanzigsten Jahrhundert waren sie die Rettung. *Das will ich nicht vergessen. Es war gut, den ganzen Tag aß ich Kastanien*. Drüben im Gelände geht der unbekannte dürre Alte, schwarz und weiß wie auf den Fotos, die Marie von ihm gesehen hat. Er schlägt zum Zeitvertreib mit seinem langen Stock an Baumstämme. Maries Vater hat sich auf einem bemoosten Felsen niedergelassen. Noch ein Schwarzweißer, der auf dem grünen Kissen sitzt. Etymologie war eine Leidenschaft von Doktor Phil. Woher kommt das Wort Kastanie? Sie erzählt dem Vater die Legende von Nea, einer keuschen Nymphe. Der lüsterne Zeus verfolgte sie. Nach Neas Selbstmord verwandelte er sie in einen Baum. Castus, lateinisch sittsam, daher der Name Castanea. Der Vater hält die Erklärung für wissenschaftlich unhaltbar. Er und Felipe verschwinden im Dunst des aufkommenden Abends.

Die Dämmerung, das ist die Stunde des Pirols mit seinen Flötentönen.

Und wieder dreht Marie unter den Bäumen ihre Runden. Die Bäume kreißen, werfen ihre Früchte auf das dürre bisschen Erde über dem Massiv aus Stein. Krähen und andere Tiere legen Nahrungsvorräte an, so verbreiten sich die Maronen. Schöne Idee. Doch dann laufen gierige Nachbarsziegen illegal übers Grundstück, den kürzesten Weg nach Haus, sie fressen die neuen Schößlinge ratzekahl ab. Noch mal ein Vorteil für den Ginster, diese Pest.

Und wieder nach dem ersten Morgenkaffee hoch zu den Bäumen. Anfangs frierend, bald schon warm, das Herz freut sich an frischer Luft und macht dem Kreislauf Beine. Die Maronenstacheln nass von Tau, daher noch weicher, als sie es mittags sind. Unter einem weggerollten Stein die Krabbelei von Ameisen. Der Mönch schon wieder gewachsen.

Marie, am Boden hockend. Kunstvoll gewebte, leicht zerreißbare Spinnennetze. Jedes von ihnen eine Strahlensonne, in der Mitte wartet die Gevatterin. Marie bläst einen Atemstoß in eines der Netze, sachte, um nicht zu stören, nur um zu grüßen. Sie streift eine Ranke vom Jackenärmel. *Es singt der Wind im Brombeergestrüpp, das Brombeergestrüpp singt im Wind.* Große Ferien. Als Tagelöhner würde sie hier kaum etwas verdienen. Sie arbeitet nicht vom Sonnenaufgang bis zum Sonnenuntergang. Immer noch sind ihre Füße dumm. Der Kopf dem Boden zugewandt, die Augen schlendern über Teppiche aus Moos auf den Granitbrocken. Die Augen schwirren durchs Geäst ins Blaue. In aller Ruhe ist hier alles los, am Himmel steht ein Sperber still, dann fällt er wie ein Stein. Von der Gasse her schreit ein Esel. Marie reißt einen Splitter aus dem Finger, Handschuhe trägt sie nicht mehr. Sie hockt sich hinter einen Fels und pinkelt. Das Rinnsal versickert im Stein, im Farn, im Laub.

Ein kleines gepfiffenes Lied entfernt sich.

Lino als bewegter Fleck auf dem Weg nach unten, Getümmel um sie herum, die Hunde.

Marie wird ihren zweiten Eimer vollkriegen. Schritt für Schritt, Kopf runter, Augen auf.

Als sie später das Haus erreicht, ist Lino dabei, die Kastanien zu sortieren. Steht im Vorbau an einem Tisch, zwei rostige Felgen liegen darauf. In die linke wirft sie die besten für den Verkauf, in die rechte die guten zum Eigenverzehr. Sie reibt ihren Nacken, kreist die Schultern. Sie sagt, das hier ist härter als das Bücken und das Sammeln.

Sie füllt alle besten Maronen in Plastiknetze zu je zwanzig Kilo.

Pro Sack bezahlen die Händler zwei Euro fünfzig. Sie haben sich abgesprochen.

Preise in Hamburg, bei Lidl, Real, beim türkischen Lindenbasar: ein Kilo sechs Euro neunzig bis acht Euro neunzig.

Lino sagt, während sie Netzsäcke wuchtet: Die Hamburger würden gern hier an der Quelle hausen. Einfach, natürlich, idyllisch. Die Maronen fallen uns zu. Wie ein Geschenk vom Himmel.

*

Die Erde, als hätte es aus den Wolken Steine geregnet.

Neben dem Vater mit der Kuhkarre ging das Kind Lino übers Land. So viele Steine er auch aus dem Acker brach und stemmte, so viele Brocken er auch auflas, vom Himmel regnete der Granit, oder die Erde erbrach ihn. Wer kann da pflügen und pflanzen, so dass es gedeiht?

Im Schweiße deines Angesichts sollst du dein Brot verdienen.

Felipe fluchte zurück. Die Gluthitze der langen Sommer. Tage ohne Ende. Sein trockener Mund, die Spucke wurde im Lauf der Stunden dicker und fester.

Er machte es wie die Generationen vor ihm: Riss ausgedörrte, harte Erde auf und düngte.

Seine Tage waren eine Mühe ohne Ende, es wechselte nur die Arbeit.

Gras sicheln. Heu häufeln. Stroh binden. Mais hacken. Mulden für Reblinge ausheben. Oliven abschlagen. Kartoffeln aufladen, Heu aufladen. Abends auf dem Heimweg sahen das Kind Lino und der Vater andere Kuh- und Eselskarren, auch sie auf dem Heimweg. Wer einen Platz auf den Karren ergattern konnte, ließ sich ziehen. Frauen und Alte vor. Endlich nur stehen, gedrängt, auf die Hacke gestützt. Felipe als junger Mann bei der Armee, das war sein Urlaub. Davon erzählte er der kleinen Tochter nicht, erzählen konnte der Priester. Oder die Frauen, beim Wäschewaschen am Brunnen. Endlose Murmeleien, fließendes Wasser.

Lino fand als Kind den Körper ihres Vaters hart, verholzt. Selten hob er sie hoch, um sie auf seinen Schultern reiten zu lassen. Aus dem Holz wurde Stein.

Marie und Lino sitzen am Abend vor einem Fotoalbum. Das ist für Lino eine Überwindung, die Marie nicht wahrnimmt. Felipe auf den paar verschwommenen Bildern, die von ihm geblieben sind. Ein hagerer Mann, sein Gesicht scharf geschnitten. Immer hält er einen Stock in der Hand. Man meint sein heiseres Schreien hören zu können, wenn er Kühe und Kinder treibt.

Lässt sich ein Stein von einem Kind erweichen?

Solche Fragen stellt Marie auch tagsüber wie aus dem Nichts. Rhetorische Fragen unter den Bäumen, die keine Antwort brauchen. Außerdem, ist Lino vielleicht ein Märchenbuch?

Sie hat Maronen in ihren Eimer geworfen, sie hat gesagt: Wir leben jetzt und hier. Gut so.

*

Mittagspause. Der Maurer ist zum Essen nach Hause gefahren. Lino hat sich hingelegt. Marie streift durch das Atelier.

In einer Ecke der Halle stehen die großen Holzskulpturen, zusammengedrängt, als würden sie sich beraten. Auch jetzt der Gedanke, sie hätten aufs Wiedersehen gewartet.

Sie hätten nach ihr gerufen. Skulpturen menschlicher Körper, daneben auch abstrakte Figuren. Kirsch- und Buchenholz, was noch? Olive?

Aus dem Stamm der Blutbuche, die Lino damals vom Polderhof aus dem Rheiderland mitnahm, ist eine Spiralform entstanden. Eine Liane, kraftstrotzend, tanzend.

Marie lässt ihre Hände über die hölzernen Körper wandern. Aus den Fingern werden Augen.

Guten Tag, ihr Bäume. Guten Tag, Gewächse. Versteht ihr, wie das Leben geht? Gerade noch seid ihr belaubt. Ihr steht im Wald, auf einem Feld, in einem Bauerngarten, sammelt Licht und Wasser, ihr verwandelt es in Blüten, Blätter, Früchte. Gerade noch streicht der Wind durch eure Zweige, reißt der Sturm an euch. Gerade noch wachst ihr irrelos der Sonne nach. Aber so gehts, ihr Guten, schon kommt der Mensch mit Säge und Axt. Schon seid ihr der Erde entrissen. Ihr habt euch das nicht ausgesucht. Könnt froh sein, dass ihr nicht zu Spanplatten zermahlen worden seid und dass ihr nicht als Feuerholz verlodert. Was wollt ihr machen? Schließlich könnt ihr nicht schreien, sprechen, fliehen. Ohne euren Willen werdet ihr verwandelt. Die Arbeit hier im Atelier versucht vielleicht, eine Verletzung wiedergutzumachen.

*

Oberhalb von Linos Grundstück liegt der jardim das pedras. Ein weites Gelände, Felswüstenei.

Bizarre riesige Formen, einige kantig und harsch, doch die meisten sind sanft gerundet. Massige Dinosaurierrücken, kompakt, andere sind in kleinere Blöcke zerborsten, zerspalten. Felsen, als hätte hier jemand unförmige Polster verstreut. Doch nicht nur vom Himmel sind Steine gefallen. Es gibt auch die Köpfe von unterirdischen Riesen, die aus dem Boden ragen, die sich in den Mondscheinnächten regen. Aber wer glaubt an Sagen? Doktor Phil vertraute der Wissenschaft von Entstehung und Aufbau der Erde. Geologie war eine seiner vielen Leidenschaften. Er lehrte seine Töchter die Zusammensetzung von Granit mit Hilfe eines Spruchs: Feldspat, Quarz und Glimmer, die vergess ich nimmer. Merkt es euch für den Rest des Lebens!

Lino und Marie gehen und steigen durch die Felsenlandschaft wie durch ein Freilichtmuseum. Maries Augen suchen Sinn. Sie macht es mit den Steinen wie mit Wolken. Sie schreibt Gestalten Bedeutung zu. Marie sieht Fantasietiere, wo Form ist.

Die Natur hat alle Formen, noch bevor die Kunst kommt, sagt Lino, als spräche sie eine binomische Formel. Aber du kannst es vor dem Tod vergessen.

Marie findet, die Felsen sind Persönlichkeiten: Man könnte sie begrüßen, sehr geehrte Herrschaften! Oder so ähnlich.

Lino sagt, Begrüß sie lieber als caros colegas. Oder als liebe Familie. Rupert hat immer behauptet, wir sind schließlich alles Verwandte! Aber an Felsen dachte er dabei wahrscheinlich nicht.

Marie verschluckt einen Satz: Die meisten Menschen enthalten Spuren von Stein.

Der jardim das pedras, eine Quelle der Inspiration für Künstler. Bei den jährlichen Symposien entsteht hier immer wieder land art. Eine Absprache mit der Behörde, ein diplomatisches Meisterstück: Die Künstler dürfen auf dem kaum genutzten Gemeindeland drei Wochen lang Faxen machen, sofern sie nicht gerade Felsen sprengen. Wenn ihre Machwerke die Witterungen überstehen, kann man sie noch im nächsten Jahrtausend bewundern. Wenn nicht, auch gut. Im Gegenzug für die Erlaubnis, sich auszutoben, übernachten diese Leute in dorfeigenen Häusern, werden bewirtet, zahlen, kommen wieder, machen Propaganda für die Gegend, bringen Freunde mit. Der eine oder andere kauft vielleicht ein Grundstück, baut. Feital im Anschluss an die weite Welt! Kultur als Standortfaktor! Glückwunsch.

Lino geht mit Marie durch diesen öffentlichen großen Garten, eine Wildnis aus Steinen und Kraut. Marie bildet mit beiden Händen einen Kreis. Schaut durch das kleine Fenster hinaus in die unbegreifliche Welt aus Hängen, Bergen, Steinen, fernen Höhenzügen. Sie lässt die Hände sinken, läuft Lino nach.

Die reißt gelegentlich einen Ginster aus. Bei den Überresten einer aus Steinen gelegten Spirale, Durchmesser zwanzig Meter, sagt sie: Das ist ein Zitat vom Zitat. Eurico hat Kurt empfohlen fürs Symposium. Kurt aus Dresden dachte, stark zu sein. Mit großen Brocken hat er seine Schnecke angefangen. Wegen der Not mit seinem Rücken sind die Steine klein geworden. Er hat sie auch nicht eingegraben, nur gelegt. Kurt dachte nicht an Kühe, Ziegen, Wildschweine und Hunde, die hier laufen. Bald wird man sein Denkmal nicht mehr erkennen. Sie hebt eine Patronenhülse auf, dann eine Bierdose.

Marie zupft sie am Jackenärmel, Hör mal!

Was?

Die Glocken! Glöckchen? Sie zeigt unbestimmt in ein Tal.

Lino dreht Marie um neunzig Grad. Von daher kommen deine Töne.

Die Aussicht auf Felsen, Ginster, Himmel, Wolken. Keine ziehende Herde von Kühen, keine Kirche, kein Glockenturm. Doch dann eine Bewegung kleiner heller Flecken.

Ziegen, sagt Lino, der Wind hat gedreht, sonst könnten wir sie nicht hören. Deine Augen sind nicht so gut wie die Ohren.

Marie freut sich. Und dies Geräusch, was ist das?

Ich höre nichts, sagt Lino.

Das ist der Gesang der Spinne im Netz. Das ist das Wachsen von Gräsern und Moos auf den Steinen.

Nichts rührt sich auf dem Dachboden. Marie im Schneidersitz auf dem Bett, sie horcht auf die Stille hier oben, die anders klingt als die unter den Bäumen draußen.

Im Rheiderlandkaten am Deich konnte man abends oft Mäuse hören, die auf dem Dachboden herumhuschten. Manchmal rief man hinauf, Ruhe da oben, dann war es tatsächlich kurz ruhig, bevor das leise Kratzen weiterging.

Marie streckt den Rücken, die Bettfedern quietschen. Sie will die Stille nicht zerbrechen, sitzt reglos. In den Eisenträgern des Daches knackt es. Der Wecker auf dem Nachttisch tickt.

Zwei Uhr mittags, Pause. Marie lässt die Augen im Halbdunkeln wandern. Auf dem Betonfußboden liegt ein Flickenteppich vor dem Bett. Schränke, Regale, vollgestopft mit Kartons und Tüten. An einer Wand lehnen gerahmte Bilder, mit Folie gegen Staub geschützt. Gestapelte Plastikstühle, zwei Holzstühle an einem Tisch, darauf ihr Waschkram und die Schreibsachen.

In ihrer Kindheit war der Speicher ein magischer Ort voller Schätze. Verbotene Truhen mit Großmutters Tüllgardinen. Nur am Tag der Heiligen Drei Könige war es erlaubt, sich in diese Gewänder zu hüllen. Staubige Gläser und Flaschen. Wer aus mir trinkt, wird ein Reh.

Hier oben bei der Freundin hat Marie sich noch kaum umgesehen.

Sie schaltet das Deckenlicht an, streift durch den Raum. In einem Winkel am Boden eine Holztafel, mit weißem Papier bedeckt. Darauf eine Sammlung von Skulpturen. Speckstein.

Sie hockt sich hin.

Glatt polierte, schimmernde, abstrakte Formen, jede hat etwa die Größe von zwei Männerfäusten. Man muss sie in die Hand nehmen. Man will die Rundungen fühlen, die Dellen, Mulden, die eingegrabenen Linien und Spalten.

Einmal die Andeutung einer Lianenform, gezwirbelt, spindelhaft sachte gedreht. Anscheinend eine Lieblingsform von Lino. Marie kehrt oben nach unten. Die Form ist ein Hintern im Schwung, sie endet in einem Kopf, in einer runden Schwanzspitze. Sie ist ein Mann, geballte Kraft, und auch wieder ein Strick.

Formen, die man sich in die Kniekehlen legen will, die man unter den Achseln wärmen wollte.

Einmal etwas wie ein Frauentorso, Bauch und Hüften, Oberschenkel, doch der Torso ist je nach Drehung auch eine hütende Hand, ist ein Vogelschnabel. Ist Form und nur das.

Einmal wächst aus einem Stein ein Ei, es spitzt sich zu, wird eine Knospe, könnte auch ein Vogeljunges sein.

Einmal eine dreigliedrige Gestalt, zwei ausgebreitete Flügel, zwischen ihnen ein ruhender langer Kopf, der nur aus Schnabel besteht. Geistervogel. Hüter der Tiere.

Doch die Figuren erzählen nichts, kein Satz ist von ihnen zu erwarten.

Nur der Betrachter möchte antworten auf das, was sich im Stein ereignet.

Als Doktor Phil gestorben war, schenkte Rupert Marie die Bach-Kantaten, CDs. Bald danach besorgte er Konzertkarten. Fünf Sätze, Arien, Rezitative. In den Pausen dazwischen kein Laut. Dann, am Ende, das Räuspern und Husten und Füßescharren der Hörer. Als wollten sie sich äußern und reagieren. Sprachlose Formen der Antwort.

Marie hockt auf dem Dachboden, sie nimmt Linos Skulpturen in die Hand und dreht sie.

Eine Rose ist eine Rose ist eine Rose, sie ist es von allen

Seiten. Gertrude Stein mit ihrem wundersamen säkularisierten Rosenkranz.

In der Stille brummt das Neonlicht, wieder knackt es im Dach. Die Figuren sind steinkalt und sind es nicht.

Lino schneidet unten in der Küche Parasolpilze in feine Scheiben. Beto hat uns einen Korb gebracht, hast du ihn nicht gehört? So viele Mönche, ich werde sie trocknen. Du kannst ein Glas mit nach Hamburg nehmen. Besser zwei, denn Marten isst sie auch gern.

Marie nimmt sich ein Messer, um zu helfen. Die Gedanken noch oben.

Auf deinem Dachboden, sagt sie. Deine Specksteinfiguren. Wann hast du sie gemacht? Warum versteckst du sie?

Sie standen im Atelier. Sie sind aus diesem Sommer. Wer zu Besuch kam, fragte nach dem Preis. Die Lianenform, Lino schlingt zwei Finger ineinander, die sollte bei mir bleiben. Ich spielte immer hohen Poker. Natürlich muss ich verkaufen. Tante Celina sagte zu uns, als wir noch Kinder waren, das elfte Gebot: Ihr sollt den Reichen das Fett abschneiden. Doch es gelingt nicht gut. Senhor Marcos aus Coimbra kam vorbei. Früher war er im Konsulat. Er kam mit zwei Hunden, für die zahlt er Steuern. Er brachte mir eine Flasche schottischen Whisky vom letzten Urlaub. Er sagte, was ich weiß: Sein Geld braucht er fürs Reisen. Er wog den Stein meiner Liane in den Händen: Kannst du mir die Form aus Holz machen? Drei Mal, für Freunde in Italien und Schottland? Kannst du mit dem Preis heruntergehen? Er wollte Material sparen. Als wäre er beim Schneider für den Anzug. Ich lachte. Koche sie dir demnächst als 3-D! Er lachte. Ich gab ihm eine Flasche Porto, Mönche, Marmelada. Als Marcos fort war, trug ich meine Geister auf den Dachboden.

Marie berührt Linos Hand. Hat Fragen auf der Zunge, und einen Fluch.

Du schneidest den Mönch zu dick, sagt Lino. Die Pilze trocknen nur, wenn sie so dünn sind wie ein Hauch.

*

Schneidender Wind auf der Höhe des wilden Gartens. Undeutliche Pfade durchs Gestrüpp.

Lino zeigt auf einen großen, verwitterten Fels und fragt, Kennst du Doris aus Eimsbüttel? Sie war beim letzten Symposium mit dabei. Sie hat die Schrunden mit geflochtenen Binsen vernäht. Sehr gut. Ihre Medizin für den verletzten Stein.

Etwas weiter ist um einen mammutgroßen Felsblock ein Seil gebunden worden. So fliegt er nicht fort, zurück in den Himmel.

Marie reißt einen Ginster aus, sie will es jedenfalls, doch der zarte Ginster hat zähe Wurzeln. Man muss versuchen, die Pfade vom Unkraut freizuhalten, sagt Lino. Sie hebt eine Plastikflasche vom Boden auf, steckt sie ein: Menschen sind dümmer als Ziegen. Die Künstler der Symposien hören in jedem Jahr gleich anfangs meine Predigt. Sie hüten sich mit dem Abfall. Den meisten Dreck machen die Nachbarn. Einige jagen hier. Kaninchen. Manchmal Wildschweine. Daher die Patronenhülsen. Sie erledigen die Ungeheuer wie der große Herakles, doch wer von ihnen mistet einen Stall aus? Sie hinterlassen Müll. Andere Nachbarn treiben durch den Garten ihr Vieh zur Weide, rauchen Zigaretten, noch mehr Müll. Die Tabaksbeutel sind Plastik! Wenn sie mich treffen, lächeln sie falsch, sie wissen, ich weiß, wie sie leben. Ihre Gedanken sind ein Brei. Der Rücken zu faul zum Bücken. Sie finden mich hart. Die Taxifrau aus Vila Franca staunte, als sie unser Wiedersehen sah. Umarmungen! Küsschen! Sie weiß wie alle in dieser Gegend, ich bin aus Stein gemacht. Komm weiter.

Lino greift in eine Felsspalte, zieht eine Plastikfigur heraus, puppengroß. Eine Jungfrau Maria, made in China, gekauft auf dem Markt in Trancoso.

Eurico hat keine gute Hand für Künstler, sagt sie. Er hat Vinzenz aus München fürs Symposion empfohlen. Der versteckte die Jungfrau im Stein. Originell? Umweltverschmutzung. Ich möchte hier auch kein Christentum sehen. Vinzenz hat nichts verstanden. Wenn er auf den Mond reist, nagelt er seine Landesfahne in den Grund. Ein Patriot. Dem jardim das pedras schiebt er seine Religion unter. Er nennt das vor der Gruppe eine Ironie. Ist es vielleicht wichtig, was er ist? Hier war der deutsche Gartenzwerg. Lino winkt ab. Künstler wie ihn gibt es in jedem Land. Die wollen ihre Initialen noch an den Himmel schreiben.

*

Es war einmal jemand, der saß an einem Fluss und malte mit den Fingern Spuren in den feuchten Sand. Er hinterließ auch einen Abdruck seiner Hand. Die Wellen kamen, spülten seine Zeichen fort.

Es war einmal jemand, der saß an einem Hang, nahm einen Stein zu Hilfe. Er kratzte Rillen, Linien und Zeichnungen in Fels.

Nach dem Maronensammeln hat Marie den Spinnen guten Tag gesagt: Ein tonloses Flöten in feine Netze, ein spurloser Atem. Jetzt sitzt sie im jardim das pedras bei dem Lieblingsfelsen. Schreibt etwas auf und kaut am Stift. Lino eben noch in Sichtweite, sie redet mit einem Nachbarn, seine und ihre Hunde machen einen Streittanz mit Gebell.

Der Lieblingsfels hat Risse, die vorstellbar machen, da sei ein Gesicht. Das Wetter hat ihn gezeichnet, kein Mensch.

Das hier sind keine steinzeitlichen Felszeichnungen wie in Foz Côa, zwei Autostunden von Feital entfernt. Marie weiß noch die Bergwüste, das kleine Tal Canada do Inferno, den fast ausgetrockneten Fluss, ein Rinnsal, ein Faden.

Jemand saß an einem Fluss und malte in den feuchten Sand. 25.000 Jahre her.

Jemand kratzte mit Stein auf den Stein. Zeichnungen von Tieren, von Rindern und Pferden, schmale Köpfe, schwere Leiber. Runder Schwung und Bewegung und Sprung.

Hinter den sieben Bergen in den Bergen entlegen Foz Côa. Da, wo der Rio Côa in den Rio Douro mündet.

Ein großer archäologischer Fund, Ende der achtziger Jahre.

Die kleinen Gravuren, in verschiedenen Höhenstufen an den Schieferwänden angebracht, waren allerdings zum Teil verwirrend. Was ließ sich da überhaupt erkennen? Übereinander und ineinander geritzte Konturen, grob Gehauenes, Gepunztes.

In jedem Jahrhundert standen Leute mit Werkzeugen vor den Wänden des Tals, fügten den Zeichnungen neue hinzu. Im Gewirr der Linien im Stein konnte man schließlich sogar eine Eisenbahnbrücke mit Lokomotive ausmachen.

Die Nachricht von dem Steinzeitfund stieß seinerzeit auf widersprüchliche Interessen.

Nachsichtiges Lächeln auf der einen Seite: Der Mensch verewigt sich gern, aber alles hat Anfang und Ende. Was wäre, wenn nichts vergehen dürfte? Hier wird ein gigantischer Stausee entstehen, der uns und den folgenden Generationen nutzt, weit über die Region Alto Douro hinaus. Demnächst wird hier geflutet! Was sind denn Anwohner, was sind Olivenhaine? Man wird die Leute abfinden. Zuerst muss man Tatsachen schaffen! Also sprengen und Straßen ausbauen. LKW in langen Reihen krochen die Berge hoch, lebensgefährliche Fahrten. Unbefestigte Serpentinen, Steinschlag, Bergwüste. Am Ende der Welt die Großbaustelle.

Auf der anderen Seite häuften sich Proteste: Die Felszeichnungen sind ein Weltwunder von universeller Bedeutung, ein Meisterwerk menschlicher Schöpferkraft, sie müssen erhalten bleiben! Großes Blätterrauschen, Sturm in den Feuilletons, in Portugal und über Portugal hinaus. Unesco, hilf.

Das Stauseeprojekt, so heftig umstritten, wurde am Ende nicht durchgeführt wie geplant. Seit 1998 gehören die Felszeichnungen zum Weltkulturerbe. Unter freiem Himmel eine kilometerlange Galerie, die Gravuren der springenden Tiere.

Marie war zwei Mal in Foz Côa gewesen. Zutritt mit archäologisch gebildetem Führer erlaubt, doch die verschlungenen Linien mit bloßen Händen nachzutasten war leider verboten.

Sie hockt bei ihrem Lieblingsfels und raucht, fährt mit der Hand über die Risse des Gesichts. Sie schlendert umher. Auf einem anderen Felsen eine neue Zeichnung, vermutlich von einem Kind, mit Kohle gestrichelt, Kuh und Sonne.

Lino kommt näher. Zigaretten hier oben? Na gut, man muss im Herbst nicht mehr mit Brand rechnen. Und immerhin ein Beutel für die Kippen.

Aber sie will keine von den filterlosen Selbstgedrehten, die Marie ihr anbietet.

Das Bedürfnis schreit und muss sofort den Schnuller haben? Bin ich ein Säugling?

Auf die Idee kommt niemand, der sie sieht.

Lino nickt zu der Kohlekuh rüber. Kein Problem, wer es auch war. Aber wenn ich hier oben jemanden mit Lack erwische!

Marie fragt, unvermittelt wie üblich: Meinst du, wir kommen dieser Tage vielleicht noch mal nach Foz Côa?

Lino sagt, Taxi ist teuer. Meine Brüder stecken bis zum Kopf in den Kastanien auf ihrem Land.

Klar, sagt Marie.

Lino würde alles tun, damit ihre Freunde sich freuen. Doch an der Arbeit der Brüder ist nicht zu rütteln. Und am kleinen oder keinem Geld auch nicht.

Eine Krähe schreitet in der Nähe über einen Felsen, putzt sich. Lino verstarrt sich in den Anblick. Als wäre das die erste Krähe ihres Lebens. Schwarzes, bläulich schimmerndes Gefieder, dicker Schnabel, blanke Augen.

Lino reißt sich los.

Hab ich vergessen, es dir zu sagen? Morgen kommt noch jemand zu Besuch. Dann haben wir ein Auto.

Die Krähe breitet ihre Flügel aus, verschwindet, Lino lacht ihr hinterher.

*

Noch jemand. Theo, der Freund von Marten und Lino, hat heute die brummende Augenarztpraxis in Harvestehude. Er arbeitet gern. Seine Ehe gilt als vorbildlich, obwohl Irmgard und er von Monogamie nichts halten. Zwei Söhne, etabliert, der eine lebt im sehenswerten London, der andere im knochigen Koblenz.

Theo interessiert sich für Kunst, Musik und Literatur. Er ist zahlendes Mitglied bei den Freunden der Kunsthalle und bei der Georg-Philipp-Telemann-Gesellschaft. Seine frühere Konfirmationsgemeinde in Aurich verdankt ihm sieben Orgelpfeifen für das neue Instrument. Theo unterstützt *Ärzte ohne Grenzen*, den Hamburger Blindenverein. Oft verstreut er Geld unter den vielen Künstlerfreunden, kauft was ab, aber diskret, damit kein Neid aufkommt.

Wöchentlich beziehen er und Irmgard eine saisonale Biokiste aus dem Alten Land, denn bei Lebensmitteln soll man nicht sparen. Theo liebt seinen Körper, daher fastet er jedes Frühjahr zwölf Tage, dann sieht er sich selbst und die Welt wie neu.

Er findet, das Leben hat schön was zu bieten. Es gibt den HSV und Hölderlin und Hardcore-Malerei. Man kann ein neues Tintenfischrezept probieren und über Sonnenenergie diskutieren. Er liest das Abendblatt, die Süddeutsche, GEO und ART.

Theo ist Ende fünfzig, ein Mann in den besten Jahren, mittlere Größe. Seine zwei Zentner trägt er gelassen, er bewegt sich elegant wie eine Robbe, und er kennt die Wirkung seiner Lockenmähne. Seine Kleidung kauft er meist in den Alsterarkaden. Über sein Faible für Schmuck spottet er selbst, aber schließlich hat er auch innere Werte, Toleranz und Großmut, Witz, ein offenes Herz für alle.

Er nimmt das Leben auf die leichte Schulter, so wird es ihm leicht.

Bevor der Hamburger Winter kommt, macht er noch Ferien. Dass Irmgard unbedingt den englischen Sohn mit Frau und Kindern sehen will, begreift er. Soll sie ins nebelnasse London fliegen. Ihn zieht es in den warmen Süden. Der neue Mercedes wird auf die Probe gestellt: Hamburg–Lyon–Barcelona, dann darf das Fahrzeug an der Algarve verschnaufen, während er am Strand den Wellentanz genießt. Auf der Rückfahrt ein Abstecher über Feital. Das kleine Haus auf Linos Grundstück gehört seiner Schwester Susanne, sie nutzt es selten. Theo will zwei, vielleicht drei Tage in der Pampa Natur und Kunst durchatmen, bevor er wieder im weißen Kittel in seiner Praxis steht, sich über Augen beugt, der Blick konzentriert, die Stirn leicht gerunzelt.

Er wird nicht mit leeren Händen bei Lino auftauchen. Im Kofferraum seines Autos liegen 50 Kilo Speckstein in handlichen Stücken, Geschenke von Marten für Lino. Vor der Reise waren die beiden Männer beim Großhandel Künstlerbedarf. Theo gibt hier öfters Geld für seine Malerfreunde aus, ohne ein schlechtes Gewissen zu haben. Marten riet zu Zeichenkohle und Graphitkreide. Theo legte in den Einkaufswagen zusätzlich noch ein Himalaya-Papier aus Seidelbast und sündhaft teure grundierte Leinwand. Die Perlacrylfarben versprachen irrisierenden Tiefenglanz, er konnte nicht widerstehen. Für Paula, zum nächsten Geburtstag.

Auch in Portimão schlägt er zu. Kitsch-Souvenirs! Der Hahn von Barcelos. Kinderpfeifen in der Form von Taubentürmen, das wäre was für die Enkel. Er besieht blasphemische und fromme Figürchen, Devotionalien ohne Ende.

Ein Täfelchen aus Wachs mit Kruzifix, im Hintergrund lodert mahnend ein Höllenfeuer. Für Irmgard vielleicht, obwohl momentan bei ihr nichts läuft. Ein heiliger Antonius aus Plastik. Lino wird schon etwas damit anfangen, die Dinge aus dem Zusammenhang reißen und sie verwandeln.

Theo kauft. Er weiß: Lino gehört zu den Künstlern, die spinnen selbst Stroh zu Gold.

*

Sie sitzt vor der Nähmaschine an einem der Tische im Atelier. Neben ihr eine Truhe voller Stoffreste. Einundzwanzig Uhr. Gegen die Belagerung der Nacht hat sie sich mit drei Stehlampen umgeben. Sie ist auf einer Insel, ist umweht von Schnipseln. Orange, fuchsrot, purpur, lila, indigo, blau.

Marie am Tisch am Computer. Noch eine Lichtinsel in dem sonst dunklen Raum. Hier gibt es keinen Kamin, keine Heizung. Beide Frauen tragen Pulswärmer und über den Pullovern Strickjacken.

Lino in einem Gestöber aus Fetzen und wehenden Fädchen. Maßband um den Hals, Stecknadeln zwischen ihren Lippen. Probeweise hält sie Stücke verschiedener Stoffe gegen das Licht der Lampen. Sie schneidet Rechtecke und Quadrate zu, vernäht sie, heftet sie zusammen.

Garnspulen rollen durch das Atelier und verschwinden im Dunkeln.

Draußen das Gebell der Hunde gegen Geister.

Der Truhendeckel neben Lino öffnet sich. Als wären sie gerufen worden, steigen ein paar Lappen auf, schweben zur Tür, raus in den Garten.

Die Katze springt auf den Schoß von Marie. Aufrecht sitzend, beaufsichtigt sie das Tippen.

Lino rattert Nähte. Sie nimmt die Nadeln aus dem Mund. Aus lauter Stoffresten ist eine Weste geworden, leicht tailliert, mit Taft gefüttert, sie hat zwei Taschen, vernünftig groß. Die Taschenränder und der Kragen sind gegen das Abstoßen verstärkt mit Segeltuch. Lino schneidet Fäden ab, sie kramt in einer Schublade, näht drei verschiedene Knöpfe an. Fertig. Probier mal.

Die Weste passt Marie wie angegossen.

Lino hat nicht ihre Maße genommen, und es gab kein Schnittmuster.

Wie hast du gelernt, so was zu machen?

Durchs Hinsehen.

Lino räumt den Nähtisch auf, beugt sich über die Truhe, nimmt einen grüngoldbraunen Stoff heraus. Fass mal an. Das ist Rohseide. Wenn du willst, dann mache ich dir dieser Tage daraus eine Bluse. Oder sagt man Hemd? Paula aus Barmbek hat eine Quelle für Qualität. Im Tausch dafür will sie immer nur trockene Mönche.

Marie sagt: Die Bluse des Mannes heißt Hemd. Das Hemd der Frau nennt sich Bluse.

So hat sie es Rupert früher erklärt. Er hatte die beiden Sätze geübt.

Lino hört nicht zu, ist in Gedanken noch beim Tauschen.

Mönche gegen Seide. Sachen wandern und verwandeln

sich. Die Lotion aus Passionsblumenextrakt für Neves, die ihr dafür Trauben gibt. Beto fährt Lino zum Zahnarzt, sie hilft dem Bruder und der Schwägerin bei den Quitten.

Ein Klumpen Gold wurde ein Pferd wurde ein Schwein wurde ein Schleifstein fiel in den Brunnen. Deutsches Märchen. Hans sprang in seinem Glück davon, wohin? Lief er nach Haus zur Mutter? Lief er davon, von allem frei, nur fort?

Der Sohn springt zur Mutter. José, der jüngste Lieblingssohn, war lange Zeit ein Nesthocker.

Die Tochter spinnt für ihren Vater für den König Stroh zu Gold.

Die Tochter lässt für ihren Vater Draht tanzen.

Die Mutter nähte. Trug sechs Schwangerschaften aus. Sie kochte. Gab Unterricht in der Schule. Putzte. Machte Kleinholz. Zog sechs Kinder groß. Sie sammelte Maronen. Lavinia teilte das Bett mit ihrem Mann Felipe. Es war nicht seine Frau, die all das tat. Ihm fiel nicht auf, dass sie verschwunden war, denn sie erledigte all ihre Arbeiten. Auch die Erstgeborene bemerkte das Verschwinden nicht. Sie war die Tochter ihres Vaters.

Da sprang ich in mein Glück davon.

Draußen die schwarze Nacht, sie zieht an Lino. Draußen kein Stern. Die Katze streicht um ihre Beine.

Lino geht mit Marie ins Esszimmer und wirft ein Holzscheit auf die Glut.

Im Atelier rattert die Nähmaschine weiter.

Steppstiche durch die ganze, lange Nacht.

Am nächsten Tag kommt Theo nach Feital. Wer von den alten Dorfbewohnern noch aus seinen Augen gucken kann und sich draußen zu schaffen macht, sieht, wie der schwarze Mercedes spätnachmittags am Baum des Grand Hotels und der Kirche vorbeirollt.

Lino bereitet in der Küche Fische für das Abendessen vor, Marie sitzt mit zwei Hunden im kleinen Schatten des Feigenbaums auf der Mauer.

Das Tor zum Grundstück steht offen.

Der graue Granit der Mauersteine ist flechtenbewachsen. Marie streift mit der Hand darüber. Die Flechten wie aus Wachs gemacht. In den Mulden hat sich Moos gebildet. Winzige Dreadlocks.

Auf dem bröckeligen, engen Weg zu Linos Grundstück wirkt der Mercedes drei Nummern zu groß. Smart wäre einfacher.

Rupert träumte davon, eines Tages im offenen roten Porsche durch das Rheiderland zu jagen, im Autoradio röhrt Janis Joplin, und er selbst mit Zigarre im Mund! Die Gesichter der Nachbarn! Das leuchtete Marie ein. Als Beifahrerin wäre sie barfuß, und im Übrigen mit nichts als einer Federboa um den Hals bekleidet! Rupert fand es richtig.

Theos Auto rollt über Schutt und Schotter, über Strohhalme und Kuhfladen.

Marie winkt ihm von der Mauer aus, springt runter. Er lüftet einen schwarzen flachen Strohhut, nimmt die Sonnenbrille ab.

Lino hört das Hundebellen, kommt mit mehligen Pfoten nach draußen.

Willkommen und Umarmungen. Sie trinken Tee, dann folgt die Vorführung der Mitbringsel. Künstlerbedarf, Kieler Sprotten und Krimis, alles sehr gut. Eine Lotion heißt diesmal Butter und enthält Extrakt aus Bio-Lavendel. Theo sagt, herzliche Grüße von Irmgard. Den Katalog der Ausstellung *Verzauberte Zeit* hat Marten ihm mitgegeben. Lino blättert kurz, postimpressionistische Bilder, Cézanne, van Gogh, Vallotton. Schließlich Theos Andenken aus Portimão: Auf einem braunen sandbestreuten Inselchen aus Plastik klebt ein grüner Plastik-Kaktus, stachelig, geformt wie ein weiblicher Hintern. Vor dem Hintern kniet ein Mann mit Heiligenschein, er hält die Hände flehend zum Gebet gefaltet. Lino lacht über Sankt Antonius und stellt ihn aufs Kaminbord. Ein passendes Geschenk für Sergio.

Theo checkt sein Smartphone.

Nach dem Abendessen. Marie räumt die Küche auf, holt aus dem Schuppen mehr Feuerholz. Theo lobt das mondäne Leben an der Algarve. Am Strand liegen die schönsten braunen Mädchen! Das war ein Augenschmaus! Mit beiden Händen formt er Bälle, seufzt, ich war der heilige Antonius. Aber lieber Algarve als Schmuddelwetter in Hamburg. Theo lobt sein neues Auto. Schließlich lobt er den ländlichen Frieden bei Lino. Eigentlich bin ich aus Hamburg geflohen. Es war mir alles zu viel in der letzten Zeit. Ich hab mich etwas naiv verhalten.

Lino sieht ihn an. Du und naiv?

Er sagt, Wenn man mir auf die Tränendrüse drückt, kann ich nicht lange nachdenken. Da sitze ich in meiner Mittagspause friedlich im Park auf der Bank. Da sitzt ein Gerstenkorn ganz in der Nähe. Das sollte zum Augenarzt gehen! Ausländer. Ich sprech ihn an. Der Typ hat höchstens den Sinn verstanden. Sans d'argent, so viel Französisch kann ich auch. Flüchtling aus Afghanistan. Läuft durch die fremde Stadt, statt in der Unterkunft zu warten. Da zeige ich auf meine Praxis mit dem Augenbild, ich zeige auf die Uhr, ich halte eine Hand und einen Daumen hoch. Er kam Punkt sechs. Behandlung, und schwupp! Das sprach sich herum in der Notunterkunft. Mittlerweile stehen zweimal in der Woche abends, wenn der Rest meiner Mannschaft weg ist, Kranke da. Ich kann nicht nein sagen. Ich helfe ohne Rechnung. Aber ich bin nur Augenarzt. Was weiß ich von Darmproblemen? Bis ich mir im Internet was angelesen hab, steht schon der Nächste da, reibt erst seine Augen, zeigt dann auf den Magen! Und sein Freund, der dolmetscht, fragt bei der Gelegenheit auch noch nach einem Tipp gegen sein Sodbrennen.

Lino sagt, Es gibt Vereine, die dich brauchen können. Ohne Organisation läufst du im Schnee!

Ihr Telefon geht, sie sieht auf das Display und stöhnt.

Ich bin ein Einzelkämpfer, sagt Theo. Und ich schaffe das. Ein Säugling mit Lidrandentzündung ist kein Problem. Ich hatte auch schöne Erfolge bei Hexenschüssen und Fieberkindern! Nun sieh mich nicht so an. Es war mir etwas zu viel in der Praxis, daher der Urlaub, dann gehts wieder weiter mit frischen Kräften.

So ist es, sagt Lino, Arbeit hält jung. Sie tippt auf das blinkende Telefon. Das ist ein Kollege vom Kulturverein. Hat eine schöne Stelle an der Fakultät für Kunst in Porto. Da wird er faul. Er wollte schon mittags anrufen, wegen der letzten Versammlung. Schreckliche Diskussionen. Aber ich bin kein Einzelkämpfer, ich bin ein Vereinsmüller.

Meier, sagt Theo.

Santa Mafalda, sagt Lino. Jetzt muss ich hören, ob in Porto ein Sack Reis umfiel. Sie verschwindet mit dem Telefon im Atelier.

*

Theo ist nicht naiv. Er weiß, Lino kennt keine Ferien. Die Hände im Schoß, das war schon in Hamburg undenkbar. Theo ahnt aus früheren Stippvisiten und aus den Berichten seiner Schwester, was in Feital Tag für Tag zu tun ist. Wann findet Lino ihre Ruhe, Bilder zu malen, Steine und Hölzer in Skulpturen zu verwandeln?

Er hat seine Erfahrungen mit Künstlern, Komponisten, Schriftstellern. Die haben immer Zeit. Sie trinken tausend Tassen Tee mit Tausenden von Freunden, aber was geht hinter ihren Türen vor, wenn sie alleine sind? Wahrscheinlich ist es so: Sie starren ins Leere, horchen in sich hinein und hinaus in eine andere Welt. Da wollen sie hin. Sie verhängen die Fenster, stellen das Telefon ab. Nebenan kann ein Kind vom Dach stürzen, kann Krieg ausbrechen, das schert sie nicht. Sogar die eigenen Magenschmerzen und das Glaukom sind vergessen, wenn Cézanne den Pinsel eintunkt und wenn Georg Philipp Telemann in seinem Kopf die Geigen hört.

Theo wird melancholisch, wenn er weiter denkt. Wozu diese Gewalt, die Künstler gegen sich und andere verüben? Die meisten haben keinen Namen, kein Einkommen, keine Kinder. Sie verbittern. Oder werden fahl vor Depression, anstatt dies einzige Leben in Freuden zu leben. Natürlich ist es oft schade um ihre Arbeit. Bilder kommen aus den Graphikschränken nie heraus, Kompositionen bleiben ungespielt, Manuskripte verschimmeln in feuchten Kellern. Doch einiges findet den Weg ans Licht. Außerdem behaupten schließlich alle Künstler, das Glück liege im Machen, es liege im Prozess der Arbeit! Man muss sie nur dazu kommen lassen. Theo ist nicht naiv. Er weiß, jeder Besuch stört Lino.

Vor dem Abendessen war er nebenan im kleinen Haus seiner Schwester. Lino hat die Fenster aufgerissen und ein Bett bezogen, Handtücher hingelegt, sie hat auch Staub gewischt. Das wäre nicht nötig gewesen, solche Handgriffe schafft er selbst. Aber Maronen sammelt er nicht, sein Rücken verträgt kein Bücken. Sie kennen sich lang genug, sind über höfliche Lügen hinaus.

Lino kommt mit dem Telefon zurück ins Esszimmer. Der Kollege in Porto hat sich den Arm gebrochen. Ich muss das Protokoll der letzten Mitgliederversammlung schreiben. Es muss nächste Woche fertig sein und herumgehen. Wie viele Hände habe ich?

Theo findet, eine Woche ist doch eigentlich viel Zeit. Und er selbst wird nur zwei, höchstens drei Tage bleiben. Er kann sich selbst beschäftigen, schläft drüben bei Susanne, eigentlich ist er unsichtbar! Marie ist hier. Lino kommt wegen ihr zu nichts!

Er weiß es besser. Jeder Besuch ist einer zu viel.

Lino lässt sich auf ihren Stuhl fallen. Gut, dass du vorbeigekommen bist. Das Protokoll soll warten. Jetzt bist du hier. Wir machen einen Handel. Du hast ein Auto, schwarz und schnell, mit Heizung für den kalten Arsch und überhaupt der neue Schrei. Wenn man dir glaubt.

Er nickt.

Dafür weiß ich den schönsten Weg zur Steinzeit nach Foz Côa, sagt Lino, den kennt dein Navi nicht. Da gibt es Führungen auf Wanderwegen durch die Freilichtgalerie.

Er kennt die Tour, aber er freut sich. Wollen wir gleich morgen fahren?

Übermorgen. Morgen Vormittag ist Zeichenunterricht für Alte im Gemeinschaftshaus. Ihr könntet beide mitkommen, auch wenn ihr jung seid.

Doch Theo ist kein Gruppenmensch. Morgen Vormittag steigt er lieber in aller Ruhe zum Felsengarten. Oder schläft aus.

Aber jetzt an seinem ersten Abend will er den nächtlichen Sternenhimmel begrüßen. Den Großen Wagen, den Kleinen Bären, und wie sie da oben sich alle nennen.

Zu dritt ein Gänsemarsch im Dunkeln, Lino kennt den Trampelpfad hangauf auch nachts im Schlaf. Sie stehen bei den Maronenbäumen und sehen zum Himmel hinauf. Linos ausgestreckter Arm zieht Linien.

Theo war ein Kind, als ihm sein Vater einzelne Punkte des Gefunkels nannte. Alles längst vergessen, denn über Hamburg hängt nachts eine Glocke aus Licht.

Marie bildet mit ihren Händen wieder einen Kreis vor den Augen, grenzt das Blickfeld ein und öffnet es.

Die Augen werden nicht satt, sagt Theo. Immer mehr Sterne, je länger man hinsieht!

In seiner Stimme das Staunen.

Oben die Tiefe, sie zieht mich rauf! Man will darin ertrinken!

Seine Stimme klingt kindlich hoch. Wie klein wir sind, im Kosmos sind wir kleiner als wir selbst. Er schüttelt den Kopf. So ein Gelichter. All diese Gestirne. Altus, sagt er, das heißt auf Lateinisch gleichzeitig Höhe und Tiefe! Altus bedeutet beides, Himmel und Grund!

Lino sieht ihn im Dunkeln an und freut sich.

Dann freut sie sich nicht mehr.

Denn Theo zieht sein Smartphone, will die Sterne fangen. Dabei redet er über den Urknall, den wachsenden Kosmos, über den Menschen einst in der Steinzeit und heute und immer, über nichts und alles. Rhabarber. Theo breitet beide Arme aus. Er wäre bereit, Lino höchstpersönlich für diesen Himmel zu danken. Er geht ein paar Schritte beiseite, stößt heftig gegen einen Steinblock, autsch, er schwankt, stützt sich ab, rappelt sich auf.

Sei nicht zu lange ein Guck-in-die-Luft, sagt Lino. Felsen und Kaninchenlöcher können Fallen sein. Schon liegst du. Schon kommt ein Bär.

Theo reibt seinen Knöchel. Habe ich Augen im Rücken? Außerdem, hier gibts doch keine Bären! Aber in der Eiszeit wär ich ein guter Jäger gewesen! Jetzt will ich in deine Höhle ans Feuer zurück.

Im Gänsemarsch gehen sie hinunter zum Haus.

*

Kein Grund, keine Tiefe. Kein Schlaf. Auch keine siebzig Schritte durch das Atelier. Ein Uhr nachts.

Lino dreht sich im Bett. Die Augenlider schlagen gegen ihren Willen immer wieder auf. Was tagsüber gewesen ist, holt sie jetzt ein, ein Gewimmel von Wörtern und Bildern. Sie ist erschöpft und gleichzeitig so zornig. Das Schlafen lässt sich nicht erzwingen. Sie schließt die Augen, fühlt das nervöse Zucken der Lider.

Ein Protokoll ist doch kein Grund für Sorgen. Der Besuch ist doch kein Grund für Sorgen. Es gibt erst recht keinen Grund für Angst. Keine Angst. Kein Grund unter den Füßen. Sie legt sich auf den Rücken. Die Wirbelsäule angespannt. Der ganze Körper wartet. Aber sie wird nicht aufstehen und durch das Atelier wandern, Marie mit ihren Luchsohren könnte sie hören vom Dachboden aus. Erst ein Uhr nachts. Der Schlaf wird kommen.

A lua nasceu e cresceu no além. Ein Schlaflied für alle im Haus, eins für die Katze, eins für Marie, eins für Lino und eins für den Nachbarn Theo, der Mond ist geboren und wächst in den Himmel, die Nacht kommt auch, geh schlafen mein Lieber, geh schlafen und träumen, und lass den Mond in den Himmel wachsen.

Die Bettdecke ist zu dünn. Lino rollt sich darunter zusammen. Kein Grund zur Sorge wegen Susannes Anbau. Vascos Geschwulst am Bauch wird nicht besser. Eins nach dem anderen. Vasco schlummert wahrscheinlich, jetzt kann ihm der Krebs gestohlen bleiben, er träumt schon längst von der Jagd. Wir essen morgen eins von Betos Kaninchen.

Geh schlafen und träumen, lass den Mond in den Himmel wachsen.

Lino liegt wach, liegt wach. Zwei Uhr. Die Bettdecke ist zu schwer.

Da findet sie den Weg zu einem Haus, das sie gebaut hat, und es hat mehr Zimmer als das Schloss von Königin Isabella. Das Haus ist größer als der ganze Kontinent Eurasien. Jede Kammer, jeder Saal ist voll mit ihren Erinnerungen. Heute streift sie durch das Kabinett der Steinzeitbilder.

Tiere ziehen vorbei. Ziegen, Hirsche, Rinder. Sie grasen, wittern, springen. Es gibt Pferde mit mehreren Köpfen und Schweifen. Linien, übereinander gezeichnet. Ein Bewegungsbild, das Auf und Ab des Galopps. Die Flanken eines Hengstes, von Pfeilen durchbohrt. Spuren der ersten Menschen in Steinen. Altamira, Trois Frères, Lascaux, Niaux, Foz Côa. In Linos Kabinett ist alles da, Felswände, Höhlen, daneben schwarzweiße und farbige Fotografien, Vergrößerungen, Nachzeichnungen. Sie betrachtet Wiederholungen, Variationen. Eine Folge langvertrauter Bilder. Die alten Malereien widersetzen sich dem Zugriff aus nur einer Perspektive. Schwarzweiße Fotos heben anderes hervor als Farbaufnahmen. Das Betonen einer einzigen Kontur lässt andere verschwinden, und schon ein kleiner Wechsel der Distanz verändert die Proportionen, verzerrt sie.

Die buckligen Decken und Wände der Höhlen beginnen zu atmen. Der Sprung einer Kuh, schwer und grazil. Sanftmütige Hirsche, die zu schwimmen scheinen, das deutet ihre Kopfhaltung an. Die weichen Nüstern eines roten Pferdes, seine wilde schwarze Mähne. Hochgeworfene Vorderhufe, gespaltene Hufe. Die weidende, trächtige Stute. Ein Kuhkalb trödelt vorbei. Ein Eber rennt, ein Bison bricht zusammen. Die frühen ersten Künstler hielten Augenblicke fest. Das Gelöstsein der Tiere im Wechsel mit ihrem Gespanntsein. Ihre blinde, wilde Kraft. Die Steinzeitkünstler haben das animalische Stampfen, Eilen, Rasen gebannt. Sie haben auch ihre eigenen tödlichen Pfeilschüsse festgehalten. Und schließlich dann das tierische Sichaufbäumen, Zusammenbrechen und Verenden.

Nur die Eingänge der Höhlen, wo noch Licht und Luft eindrangen, dienten als Behausung. Die finsteren inneren Tiefen der Höhlen, da, wo die Gänge und Säle voller Bilder sind, waren tabu. Die Bilder waren nicht als Schmuck gedacht, sie waren nichts zum Ansehen.

Schwierige Wege in die Finsternis, ins Innere der Erde. Gefährliche Wege, tastend, den Kopf eingezogen, durch Engen gezwängt, die Jäger schlüpften mühsam durch Nischen und Spalten, weiter auf den Knien, am Boden kriechend.

Lino ist ganz mit dabei, denn in ihrem geheimen Haus kann sie in Bilder eintreten. Säle voller Stalagmiten und Stalaktiten, sie sieht, wie das Leben der Tiere beschworen wird, das Jagdglück. Beschwörung der Hoffnung auf Wiederkehr, Frühling, alles geht weiter, alles kommt wieder. Ein Bison bespringt eine Kuh. Vermehrungszauber. Geburten.

Lino sieht Schnee-Eulen, Hasen, Rentiere. Pfeile fliegen auf Pferde zu. Lino sieht den angeschossenen Bären, das Blut schießt ihm aus dem Maul.

Und dann ein menschlicher Körper. Oberschenkel, Knie, Waden eines Menschen, seine Gebärden des Tanzens. Bärentatzen als Hände, ein Wolfsschwanz. An Stelle des Gesichts eine Vogelmaske, die Stirn trägt ein schweres Geweih. Ein langer spitzer Bart fällt auf die Brust. Tanzend beschwört der Zauberer die Tiere, das ist seine Arbeit. Aus dem Stein blickt er hinaus in die Zeit, er blickt mit großen runden Augen, unverwandt, inständig. Tausende von Jahren. Er beschwört die Tiere.

Arbeit. Stein. Zeit. Augen, groß und rund. Unverwandt. Inständig.

*

Gut geschlafen? Ja. Marie und Lino beim Frühstück. Lino erklärt: Die Leute, die gleich zur Malstunde kommen, sind steinalt. Der Jüngste fünfundachtzig. Schwierig für sie, das lange Leben zu fassen. Sie sollen nicht nur warten, bis der Tod an ihre Türen klopft. Ich hole sie zusammen. Sie müssen raus aus ihren Mauern und was tun. Die meisten sind Frauen. Beim Zeichnen wiederholen manche das, was sie vom Stricken und Sticken kennen. Sie machen Ornamente. Andere sind freier.

Lino steht auf, nimmt ein gerahmtes Bild von der Wand und zeigt es Marie: Das hat der Vater gezeichnet. Er wollte mir beweisen, dass er mir Augen und Hände gab. Dass er selbst scharf sieht. Und wie genau er seine Dinge kennt. Also hat er gezeichnet. Er war im Dorf der Erste, dem ein Pferd gehörte. Siehst du, er zeigt es im Profil. Aber der Karren, den es zieht, ist aus dem Blickwinkel von oben. Der Vater freute sich, als ich das Passepartout für seine Zeichnung machte.

Lino füllt Tee in Thermoskannen um, sie gehen los.

Neun Alte aus den umliegenden Orten sind von ihren Angehörigen zum Dorfgemeinschaftshaus gebracht worden. Zweieinhalb Stunden später werden sie wieder abgeholt.

Sie sitzen reglos um einen großen Tisch. Lino hat eine Papierrolle mitgebracht, schneidet ein Stück ab, das bedeckt die ganze Platte. 2,50 × 2 Meter. Sie stellt einen Kasten mit Stiften hin und sagt etwas, doch keiner reagiert. Lino sagt etwas Längeres, vielleicht über das Wetter, nein, sie zeigt auf die Thermoskannen mit Tee, die auf der Anrichte stehen. An der Wand hängt ein Bild: Heiliger Zuckerjesus breitet huldvoll seine Arme aus.

Marie weiß nicht, wohin mit sich. Ihre Anwesenheit könnte die Alten stören. Sie fühlt sich aus Augenwinkeln gemustert, das stört sie selbst. Niemand von außen soll ihr zusehen, wenn sie ihren Schreibkurs an der Volkshochschule gibt. Und Lino? Immerhin hat sie gefragt, ob ihre Freunde mit dabei sein wollten.

Neun Alte sehen vor sich hin. Eine Frau dreht Daumen, so wie früher Maries Großmutter Mamatschi. Die vier Enkelinnen machten es ihr gackernd nach, drehten so schnell wie möglich. Doktor Phil sagte, nur dumme Menschen haben Langeweile.

Lino geht mit der Holzkiste um den Tisch, spricht jeden einzeln mit Namen an, bietet die bunten Stifte an.

Einmal wöchentlich die Zeichenstunde, ohne Honorar für sie und kostenlos für die Alten. Aus Feital kommt nur die unsterbliche Tante Celina, weit über neunzig Jahre, es heißt, über hundert. Vielleicht ist sie hundertzehn! Die anderen sind aus Tamanhos, Vila Franca, Moimentinho. In Feital zuckt man die Achseln über Spielereien wie das Zeichnen.

Ob die Leute im Raum überhaupt verstehen, was Lino sagt? Vielleicht sind sie längst alle taub. Oder dement. Sie tragen saubere Kleidungsstücke, die mehr oder weniger passen. Ein Mann mit Baskenmütze schaukelt sich vor und zurück, mechanisch, unermüdlich. Drei Brillenträger, unförmige große altmodische Brillen. Neun trostlos verschlossene Eulengesichter.

Marie sieht Hände, verhornt, vernarbt, geschwollen, verknöchert. Wurzelhände. Jeder der Alten trägt einen Ehering.

Was sollen sie machen. Sie greifen sich einen Farbstift, legen ihn vor sich hin oder spielen mit ihm, sie warten ab, oder sie warten nicht, weil sie möglicherweise nicht da sind. Hier, in dem kleinen Gemeindehaus mit seinen abgenutzten Möbeln.

Lino scheint alle Zeit der Welt zu haben. Stellt sich ans Fenster, lüftet, summt.

Kann sein, es ist alles in Ordnung.

Man kann hier sitzen, warum auch nicht.

Auf der Anrichte stehen die Kannen mit Tee, auch Becher und Zucker und Milch und Kekse sind da.

Marie sieht der daumendrehenden Alten zu. In den ersten Jahren saß ihre Großmutter Mamatschi bei den Mahlzeiten noch mit der übrigen Familie am Tisch im Esszimmer. Dann durfte sie es nicht mehr.

Die Daumen drehen sich und drehen sich.

Lino wühlt in der Holzkiste und wählt in Ruhe einen Stift, probiert das Blau am Rand des Papiers aus, legt ihn zurück, nimmt einen roten. Sie versucht eine Schraffur, da bricht er ab, sie spitzt ihn an. Zehn Leute sehen ihr zu.

An ihrem Platz stehend, setzt sie die Spitze des Stifts auf die Mitte des Papiers und zieht die Hand zu sich heran. Kaum Druck in den Fingern, das Handgelenk locker. Eine Linie entsteht, ein kleiner ungerader Faden. Den sieht sie an. Setzt wieder an, macht weiter an einer Krümmung des Fadens. Das Blatt eines Baumes wird sichtbar, bald ein Zweig.

Tante Celina steht auf, mischt sich ein, sie zeichnet scharfe Dornen an den Zweig.

Bewegungen im Raum, allmählich, allmählich.

Lino lässt den Raum wachsen, kümmert sich nicht, ist nur da, konzentriert.

Der Mann mit der Baskenmütze hört auf zu schaukeln, hat seinen Stift gegriffen. Sein Auf und Ab wiederholt sich auf dem Papier als Spur.

Eine der Brillenfrauen malt geduldig viele runde grüne Flecken an wachsende wuchernde Zweige. Früchte sind da, Oliven vielleicht. Kastanien, das sind Kuller mit Strichen. Man kann einen Baum schließlich pfropfen. Warum soll er nicht beides tragen können?

Andere Frauen interessieren sich nicht für den Baum, aber auch sie sind aufgestanden, gehen um den Tisch herum. Sie schmücken den Rand des Papiers mit Mustern aus

Kreuzchen, Sternchen, Kringeln. Das gezeichnete Gezweig hat als Hintergrund einen riesigen, vielfach geborstenen und gehöhlten Stamm bekommen.

Selbst Marie begreift, was Tante Celina plötzlich ruft: Das ist unser Grand Hotel!

Fast alle Alten stehen jetzt am Tisch. Sind hingegeben an grüne und gelbe Flecken, an noch mehr Laubwerk, an noch mehr Verzierungen, und plötzlich läuft eine Ziege von fern durch das Bild. Zwei Ziegen, drei. Eine der Frauen fügt die Fußspuren der Tiere hinzu, zierliche und exakte Trippelschritte, rhythmische Abstände der Hufe. Die Spuren kennt sie genau, hat schließlich jahrzehntelang Ziegenherden gehütet. Der Stift rutscht ihr aus, sie sagt etwas.

Lino übersetzt: Der ausgerutschte Strich bedeutet, eine Ziege pisst!

Das Bild aus Bildern, das entsteht, hat Ähnlichkeit mit Kinderzeichnungen. Und dann auch wieder nicht.

Harte alte Fäuste halten kleine Stifte. Die Frau, die Marie an Mamatschi erinnert, malt Spinnen.

Lino selbst macht gar nicht viel, scheinbar. Aus einem hingehuschten Hakenstrich entsteht das Maul von einem Hütehund. Ein Teefleck wird zu einer Schürze, unter der Schürze wachsen zwei starke Beine, bald läuft eine Frau durchs Bild, aufs Grand Hotel zu, man kann es gut erkennen. Tante Celina in ihrer Brautzeit!

Das Bild, Buntstifte auf Papier, 2,50 × 2 Meter, wird lebendiger von Strich zu Strich.

Marie trägt zu dem Ganzen ein paar Kühe bei. In den Rheiderland-Jahren hatte sie Zeit, vom Schreibtisch aus dem Rindvieh auf den Weiden ihrer Nachbarn zuzusehen. Sie findet, ihre Schwarzgefleckten sind unübertroffen, vor allem die Impressionen von hinten.

Du setzt den Schwanz falsch an, sagt Lino, er sitzt etwas höher. Sie nimmt ihren Stift und zeichnet. Beim Kalben hast du wahrscheinlich nicht oft geholfen. Sie deutet auf die plump gemalte Kuh und sagt den Alten etwas Unverständliches.

Marie sieht in die Runde.

Gerötete Wangen. Aufgeweckte Leute. Ungeübte Hände bei der Arbeit. Lauter aufmerksam offene Eulengesichter.

Theo hat ausgeschlafen, auch wenn das Bett seiner Schwester zu schmal war. Jetzt ist er zu allem bereit. Lauwarm geduscht und sehr erfrischt geht er hinüber zu Linos Haus. Vor ihrer Tür wedeln die Hunde hoffnungsvoll, vielleicht lässt er sie rein. Mit tiefer Stimme weist er sie zurecht. Drinnen kein Mensch, richtig, Lino hat ein Treffen im Gemeinschaftshaus.

Der Tee im Esszimmer ist eine kalte Plörre, er kocht sich in der Küche Kaffee und entscheidet, fürs Mittagessen Salat vorzubereiten. Geht in den Gemüsegarten, schneidet Tomaten, Dill, Petersilie. Keiner kann ihm nachsagen, er stört.

Die beiden Frauen kommen herein, als er die Kräuter hackt. Er setzt ein finsteres Gesicht auf und brummt, *Wanna cook? Let's cook!*

Marie zuckt zusammen.

Lino sagt freundlich, Wenn du möchtest. Sie hält ihm einen kleinen Korb hin. Probier mal die Feigen. Sie sind von Tante Celinas Baum, besser als meine.

Er rührt seinen Salat zusammen, dann überlässt er den Frauen die Küche. Er macht es sich bequem im Zimmer beim Kamin, isst Feigen, leckt sich die Finger, blättert im Katalog der verzauberten Zeit. Marten hat auch eine Ansichtskarte in das Buch gelegt. Sieh an, da sitzt die massige Gertrude Stein, Päpstin im Reich der Wörter. Ein saftiges Bild von Vallotton, übersteigert plastisch gemalt, der Körper so wuchtig, als wollte sie einen mit sich selbst erschlagen.

Theo seufzt. Sie hat eine gewisse Ähnlichkeit mit ihm. Aber Gertrude Stein war doch im Leben niemals elegant, die war ein Klotz, ein Sitzriese. Neulich das Künstlerfest bei

Schorsch, zu später Stunde wurde getanzt. Die Stimmung auf dem Höhepunkt, er selbst war eine Wolke. Schwebte. Immer nur bis in die Ewigkeit mit Lucja im Kreis, im Kreis, ach ja.

Marie verteilt Gläser, Teller, Besteck. Die Katze springt auf den Tisch. Sie streckt den runden Kopf vor, schnuppert an der Wasserkaraffe. Theo wacht aus einem schönen Traum auf, mustert Blimunda gereizt. *Fuck you and your eye-brows! Stay out of my territory!*

Marie starrt ihn an.

Sie hätte es wissen können. Theos schwarzer Strohhut. Walter White in Albuquerque, der Kultfilm.

Lino stellt eine Auflaufform auf den Tisch. Was gibts?

Theo bedenkt, dass es nicht höflich ist, im Beisein Blinder von Farbe zu sprechen. Von Crystal Meth, von Schießereien und in Säure aufgelösten Körpern.

Er lobt die eingelegten Paprika.

Marie nimmt sich ein zweites Mal vom Fleisch und fragt, Wer hat das Kaninchen geschossen?

Mein Bruder, sagt Lino.

Theo murmelt Spanisch-Mexikanisches: *La familia es todo, los pollos Hermanos.*

Dann platzt es aus ihm heraus: Überhaupt! Die sauberen Gebrüder Hähnchen waschen Geld! Doch der Kartellboss hat mit diesem Rollstuhlschurken von der Gegenbande nicht gerechnet. Der drückt mit Zitterfinger seine Klingel, bis der Sprengsatz loskracht. Danach stakst der Kartellboss halbtot aus dem Raum, die Augen schon aus dem Schädel geflogen, aber zuletzt zieht er sich noch den Schlips zurecht!

Marie kichert, als würde sie gekitzelt.

Lino widmet sich dem Essen. Dann verschwindet sie, um Mittagsschlaf zu halten.

Einer Hinterwäldlerin wie ihr traut keiner zu, dass sie Bescheid weiß. So kann es von ihr aus bleiben.

Sie liegt in der abgedunkelten Kammer, hört lebhafte Stimmen, die sich entfernen. In ihrem Halbtraum stürzt ein Flugzeug über Albuquerque ab. Das Glasauge eines pinkfarbenen Spielzeugtiers schaukelt auf einer Wasserfläche und starrt in den Himmel.

*

Theo ruft, Das ist das Auge Gottes! Ein Symbol, das wandert durch die ganze Serie! Michael Kohlhaas! Kohlhaas und White! Beide waren Opfer eines übermächtigen Systems. Welche Möglichkeiten hat denn Walter, um zu revoltieren? Selbstmord nützt nichts. Kunst tut nur dem Künstler weh. Was also bleibt? Verbrechen. Aber wir Zuschauer sind solidarisch. Walter ist vielleicht ein Monster, aber er ist unser Monster.

Marie sagt, Walter war ein Zwerg und wird der Größte. Doch im Herzen bleibt er Spießer. *La familia es todo.* Weiter reicht es nicht bei ihm.

Theo sagt, Blödsinn. Und weißt du was? Neuerdings sitzt auf dem Eingangstresen meiner Praxis dieser einäugige pinkfarbene Teddy. Die Kopie war ein Schnäppchen bei eBay. Das zweite Auge liegt im Behandlungszimmer bei mir auf dem Tisch.

Er zeigt ihr auf seinem Smartphone die Bilder. Was glaubst du, wie viele von meinen Patienten sich freuen beim Wiedererkennen! Gleich ist noch etwas mehr im Raum als nur die Bindehautentzündung. Gleich werden aus Arzt und Patient zwei Fans, die in Erinnerungen schwelgen. Die Amis machen es richtig, die nehmen Geld in die Hand, wenn sie inszenieren. In Hollywood jagen sie brandneue Cabrios in die Luft! Meine Rede, beim Filmen soll man nicht sparen. Auch die Romane aus den USA sind stark, da wird aus dem vollen Leben erzählt.

Ja, sagt Marie, dann zuckt sie die Schultern.

*

Morgens um sieben. Es gibt Brot und Ricotta, Wurst, Marmelada, Ziegenkäse, Äpfel und Feigen. Theo mufft vor seinem Kaffee, Marie will so früh nichts essen, nur rauchen kann sie. Bei einem Besuch vor Jahren ist ihr mal schwindlig geworden. Sie waren zu viert nach Trancoso gefahren, Lino, Marten, Rupert und Marie, sie liefen zur Burg, und plötzlich musste Marie sich setzen, Kreislaufstörungen. Glückwunsch. Man fängt den Tag mit einem Frühstück an!
Marie raucht ihre zweite Zigarette auf nüchternen Magen. Theo krümelt, kleckert, er träufelt sich was in die Augen und stöhnt. Nicht einmal in den Ferien lässt man ihn ausschlafen. Und kalt ist es. Warum kein Feuer im Kamin? Beim Heizen soll man nicht sparen!

Lino findet ihre Gäste ungenießbar. Wer wollte denn in Foz Côa wandern?

Die schönen reifen Feigen sind über Nacht nicht schöner geworden. Man kann sie auf den Müll werfen. Und die Besucher gleich hinterher. Sie wird sich im Auto nach hinten setzen und nur rechts und links sagen. Fertig.

Sie öffnet das Grundstückstor, das Auto springt an. Vertropfte Fenster. Theo schaltet Scheinwerfer und Scheibenwischer ein.

Morgennebel verschluckt den Wagen.

*

Nasse blasse Schwaden. Theo fährt sechs Stundenkilometer mit zusammengebissenen Zähnen. Er könnte zählen, was er sieht. Ein Baum taucht auf. Dann noch einer. Dann noch einer. Es geht bergab. Er bleibt in der Straßenmitte, steigt abrupt auf die Bremse, direkt vor ihm das kleine Rücklicht eines Mofas.

Ich häng mich an den Typen ran, soll er mich führen. Vier Augen sehen mehr als zwei.

Lino sagt, Links. Das Mofa verschwindet geradeaus. Eintönig das Geräusch des Scheibenwischers, vergebliches Hin und Her. Graues und weißes Wabern.

Theo sagt, Dicke Suppe.

Er hält schon bald in einem Seitenweg, um durchzuatmen und zu pinkeln. Auch die beiden anderen steigen aus.

In der Nähe eine Weide, gespenstische Kühe ziehen beinlos, geräuschlos dahin. Von den Bäumen tropft es. Wattige Nässe. Stille, wundersamer Nebel. Etwas knackt im Gebüsch, gedämpft. Es gibt im Lautlosen das Atmen. Es gibt ein Innehalten, das so alt ist wie die Welt. Es gibt ein Frösteln in der Morgenkälte.

Sie fahren weiter. Der Nebel verflüchtigt sich, hebt sich fort.

Berge hinauf und hinab. Lino hat den schönsten Weg versprochen, einen alten Weg, der manchmal so schmal ist, als ging es durch ein Nadelöhr. Aber Theo fährt jetzt entspannt, er hat nebenher noch Augen für die Landschaft. Drüben wachsen Mandelbäume!

Marie lobt den Schiefer, den sie schon als Kind im Westerwald gern sah. Diese alten, starken, schroffen Wände! Die brauchen uns nicht, die sind bei sich selbst.

Lino zeigt nach links in einen Steinbruch, auf beladene Paletten. Du meinst, der Berg ist stolz, vielleicht ein Götterwohnsitz? Du meinst, er rührt sich nicht vom Fleck seit Jahrmillionen? Wir machen ihm Beine. Wir sprengen ihn und schneiden ihn, verkaufen ihn nach Spanien, nach Japan, Deutschland.

Klar, sagt Marie.

In St. Georg residierte viele Jahre lang die Firma Marmor-Möller. Von ihrem Küchenfenster aus verfolgte sie das Abladen der LKW aus Portugal. Ständiger Stau in der Einbahnstraße, sie hörte unsinnige Autofahrer hupen, sah das Schuften der Marmorarbeiter. Die grüßten ihre Nachbarn nicht, obwohl man sich vom Ansehen kannte. Die Marmorleute rannten, trugen dabei ihre Nasen hoch, als wären sie persönlich der Herr Möller. Seine teure, weit gereiste Fracht. Schwarze, graue, weiße Platten aus Stein. Berge, in Stücke geschnitten für Küchen und Bäder.

Marie weiß, was Lino weiter sagen wird, und staunt trotzdem.

Ach ja, ihr Guten. Gerade noch steht ihr an eurem Ort, schon seid ihr der Erde entrissen. Ihr habt es euch nicht ausgesucht. Was wollt ihr machen? Schließlich könnt ihr nicht schreien, sprechen, fliehen.

Déjà-vu-Erlebnisse, ganz ungewiss.

Dann taucht das Schild Foz Côa auf. Theo parkt auf dem Hochplateau, bei dem mächtigen Museumswürfel aus Beton. Unten im Tal mündet der Rio Côa in den Douro.

Lino kommt jedes Jahr mit ihren Symposionsleuten hierhin. Doch wieder freut sie sich darauf, ihre uralten geritzten Lieblinge in den Galerien unter freiem Himmel zu begrüßen, die springenden Steinböcke, Ziegen, Pferde. Sie hat eine Führung für ihre Freunde und sich gebucht. Museumsangestellte fahren kleine Gruppen in Geländewagen, eine abenteuerliche Tour, halsbrecherische Straßen, dann geht es weiter zu Fuß durch den archäologischen Park. Ein nicht ganz einfacher Weg, man sollte leidlich gesund sein. Noch einmal mustert sie Theos und Maries Schuhwerk. Könnte besser sein.

Die drei sind viel zu früh, Zeit fürs Museum. Landkarten und Pfeilspitzen, Bildschirmgeflimmer. Repliken der originalen Gravuren. Interaktive Kommunikationsmittel. In

Sachen digitale Technologie sind sie hier auf dem neusten Stand. Lino sagt den beiden anderen, wir treffen uns um zwölf Uhr im Foyer, dann geht sie ihrer Wege.

Immer wieder fragt sie sich, ob denn die Steinzeitkunst Natur beherrschen wollte. Oder ob sie eine Form war, sich ihr hinzugeben? Sie zu loben? Beides gilt vielleicht. Keine Ahnung, was die Forschung heute dazu sagt. Standen die Bilder der erlegten Tiere außerhalb der Wirklichkeit? Setzten sie Wirklichkeit fort? Bilder, die Wünsche ausdrückten und sie zur gleichen Zeit erfüllten. Magie. Oder wussten die prähistorischen Maler den Unterschied zwischen Wunsch und Welt?

Eine Museumswärterin zieht sich vor einem Schaukasten die Lippen nach. Zwei kleine Kinder spielen Fangen in den großen Räumen.

Als Lino im Eingangsfoyer steht, hört sie aus dem Treppenhaus einen Schrei, eine Männerstimme.

Marie, draußen vor der Tür des Museums, hört Hummeln im letzten blühenden Kraut. Sie riecht die kühle Bergluft.

Der Blick geht ins Weite. Jeden Augenblick verändert der Himmel sein Licht, das Land sein Gesicht. Belebte Stille. Als schlüge die Welt ihre Augen auf.

Sie zuckt die Schultern. Kann man der Welt mit Wörtern kommen?

Immerhin schreit ein Mäusebussard. Langgezogene, kräftige Laute, weit oben im Blauen.

Marie erschrickt, als sie Theo sieht, der sich mit weißem Gesicht auf Lino stützt. Dann lässt er sie los, macht ein paar humpelnde Schritte allein und erbricht sich.

Lino sagt: Er fiel die Treppe. Warum fuhr er nicht im Aufzug? Er hat den Fuß gebrochen. Oder seinen Hals. Vielleicht den Kopf.

Ein Wärter ist plötzlich draußen, ein Stuhl ist da, eine Wasserflasche. Reden auf Deutsch, Portugiesisch. Hände auf Theos Schultern, der Wärter greift nach seinem Smartphone.

Theo sitzt da, wehrt ab, Alles gut. Er tupft sich das Gesicht ab, will nach dem linken Fußknöchel greifen, sackt aus der Bewegung zurück. Marie streift ihm den Schuh ab. Der Fuß ist geschwollen. Lino besieht die Beule an seiner schweißnassen Stirn.

Gehirnerschütterung, kann sein. Dazu ein verstauchter Knöchel, vielleicht verrenkt?

Wir sollten dich auf den Boden legen. Theo sträubt sich heftig.

Lino fragt ihn noch mal, Warst du bewusstlos, für einen Moment? Theo sagt, Quatsch.

Marie fragt, Kannst du dich also erinnern, was dir passiert ist? Theo schnauzt, Natürlich! Wer ist hier der Arzt? Ihr ruft auf keinen Fall nach einem Doktor! Krankenwagen kommt nicht infrage! Alles bestens!

Er beugt sich im Stuhl beiseite und kotzt noch mal.

Lasst mich ein paar Minuten in Ruhe. Die Wurst heute Morgen beim Frühstück war schlecht!

Lino, Marie und der Wärter sehen sich an, gehen einige Meter weiter.

Er muss vom Schrecken ausruhen, sagt Lino. Wir warten ab, wie er sich macht.

Sie behält ihn beiläufig im Auge.

Theo spült seinen Mund aus, fummelt in der Jackentasche. Er wirft was ein und schluckt.

Der Museumswärter reicht seine Zigaretten herum. Sie haben noch nicht aufgeraucht, als Theo sie zu sich winkt: Das Treppenhaus war duster wie die Steinzeithöhlen. Aber noch nicht mal eine Fackel. Ich wollte euch das Wandern nicht vermasseln. Die Tour fängt gleich an. Geht ihr man mit der Gruppe los. Lasst mich hier liegen.

Lino sagt freundlich, Du sitzt. Hier ist ein Revolver für dich. Wir gehen. Idiota.

Am Himmel zieht der Mäusebussard.

*

Zur Orientierung kann man sich nach der Sonne richten, nach der Landkarte, nach einem Navi oder nach Lino.

Der Mercedes steht auf dem Parkplatz, aufgeheizt von der Sonne. Theo sitzt auf der Rückbank, ein Bein hochgelagert. Er tupft die Stirn mit einem nassen Tempotuch.

Lino hat keinen Führerschein. Also Marie am Steuer. Ihr Ausweis liegt beim Impfschein zu Hause in Hamburg. Zuletzt ein Leihwagen, fünf Jahre lang her. Sie chauffierte die Mutter durchs Rheiderland, wo höchstens ein Kuhstau drohte.

Theo sagt von der Rückbank aus, steck den Schlüssel ins Schloss und starte. Das Auto braucht keinen Klaps.

Er kichert. Dann stöhnt er und tupft die Stirn.

Marie sieht sich die Gangschaltung an.

Lino summt ein kleines Lied.

Theo fragt, Bist du noch nie Automatik gefahren? Du lebst in Hamburg und nicht in der Steinzeit!

Darüber muss er selbst lachen.

Marie lässt den Mercedes anspringen. Sitzt da und hört sich das Geräusch des Motors an. Dann tippt sie auf das Gaspedal.

Theo ruft, Was lässt du den Motor heulen! Willst du den neuen Wagen ruinieren?

Marie schnallt sich an. Bugsiert das Auto aus der Parklücke, obwohl es viel Platz gibt, und Theos Wagen ist keine Ente.

Sie möchte nicht am Steuer sitzen, möchte keine schönsten kleinen Straßen fahren, rauf und runter Serpentinen. Sie möchte auch der Polizei auf keinen Fall begegnen. Saurer Geschmack im Mund.

Das Auto rollt langsam vom Parkplatz. Lino legt ihre Hand auf Maries Knie.

Theo murrt von hinten, Die Straße hier beißt nicht. Kurven sind rund, und du fährst sie eckig. Nun gib ein bisschen Gas! Sonst kommt die Nacht, bis wir zu Hause sind. Nachtfahrten können auch sehr schön sein. Man redet anders. Man redet wahr! Als könnte man sich endlich seinem Schöpfer anvertrauen! Ich wollte immer schon ins Kloster nach Mafra, es war der Roman von José Saramago, der Ketzerpriester übte das Fliegen, und ich bin gefallen. Treppe runter im Museum. Aufstehen. Und Federn glätten. Weiter. Eines Tages ein Vogelflug übers Kloster, mit einem Drachen!

Lino dreht sich zu Theo um. Ich möchte nichts von Klöstern und Drachen hören. Ich hätte gerne Röntgenaugen. Vielleicht sollten wir zur Klinik nach Guarda fahren. Hast du Kopfschmerzen?

Ich gehe nicht ins Krankenhaus! Kein Feldscher wird mir den Schädel aufstemmen!

Wir versprechen es, sagt Lino. Du kannst in Frieden sterben.

Leise sagt sie zu Marie: Sein Verstand ist da. Nur etwas hochgedreht. Er hat vorhin eine Pille geschluckt.

Theo sagt, Der Wagen ist kein Esel, der hat Hunderte von Pferdestärken. Dann tippt er eine SMS an Irmgard.

Marie lässt die Straße nicht aus den Augen. Vor ihr taucht ein Traktor auf. Sie steigt auf die Bremse: Rupert sagte immer, Tempo ist mehr was für Blöde. Lino nickt.

Wer es eilig hat, stolpert.

Die Straße führt bergab, der Traktor beschleunigt auf dreißig Stundenkilometer.

Überholen, ruft Theo, das schaffst du noch vor der Kurve! Du fährst einen Sprinter! Nicht Ruperts Nuckelpinne!

Als Werbung für sein Auto stellte Rupert sich ein Bild vor: Berg mit Autoschlange, die sich langsam Serpentinen hochquält, kochende Kühler. Der Wagen an der Spitze ein kleiner Citroën. Unterschrift: Deux Chevaux – immer ganz vorn.

Marie sieht das Bild genau. Sie tuckert hinter dem Traktor bergab, der wird schon irgendwo in der Nähe auf einem Gehöft verschwinden.

Theo sagt, Ich wollte, hier hinten wäre ein Gaspedal für mein Auto. Gib ihm die Peitsche, fahr zu!

Lino dreht sich zu ihm um. Ihr reichts.

War eine Unfall nicht genug? Was koste dein Kutsche aus Amburge? Aste du Lust auf nochemal neue Gewalte? Quieto!

Nach diesen Sätzen ist es ruhig im Auto. Theo tupft seine Stirn mit dem nassen Fetzen, massiert den Knöchel. Marie klemmt schwitzend hinterm Steuer. Als Lino ihr das Hinweisschild Trancoso zeigt und sagt, Hier abbiegen nach Feital, erkennt sie die Straße wieder.

Beide Frauen öffnen ihre Fenster. Hören das Läuten einer Kuhherde. Lino schließt die Augen.

*

Wie soll ich wissen, was es ist?

Der Fuß verknickt? Verstaucht? Bänderüberdehnung? Knöchelbruch oder Haarriss, nein, bitte nicht.

Theo wühlt im Internet nach Ratschlägen. Mit vier bis sechs Wochen rechnen. Hochlagern, keine Bewegung. Leichte Bewegung, in fünf Tagen wird alles vergessen sein. Eisbeutel helfen, falsch. Besser Säckchen mit lauwarmem Schwarztee! Man soll die Sache mit Geduld behandeln, wieder falsch. Denn was für eine Sache ist da los? Schleunigst zum nächsten Röntgenarzt! Keine zehn Pferde bringen ihn zu diesen Pfuschern.

Nach dem Abendessen. Theo kühlt noch einmal das geschwollene Gelenk und dann die Stirn. Er hat keine Gehirnerschütterung, da ist er sicher. Mit Hilfe einer weiteren Tablette fühlt er sich ganz leicht. Die Beule am Kopf ist auszuhalten. Nur die verdammten Schmerzen am Fuß. An eine Heimreise morgen ist nicht zu denken. Hilfe vom ADAC? Den lehnt er kategorisch ab. Wegelagerer! Moderne Raubritter!

Marie fragt ihn, Was ist mit Freunden, die dich holen könnten?

Die will er nicht belasten, die hatten schon viele Sorgen mit ihm.

Sie zögert. Vorhin am Steuer ein Augenblick lang die Idee, hier kommt Niki Lauda! Aber die lange Strecke Feital–Hamburg? Außerdem hat sie ihr Flugticket und will nicht morgen oder übermorgen abreisen.

Theo hört sie denken, er hebt die Hände. Um Himmels willen, danke nein. Du bist bestimmt ein guter Beifahrer.

Er fährt sich durch die Locken. Vielleicht hat es so sein sollen, dass ich hier ein paar Tage länger festsitze. Die Praxis kann geschlossen bleiben. Kein Problem.

Eigentlich bin ich aus Hamburg geflohen. Es war mir alles zu viel zuletzt. Ich hab mich ein bisschen naiv verhalten.

Lino fragt, Tatsächlich? Nicht nur in Sachen Arbeit?

Er sagt ein großes Ach, und dann: Wenn eine alte Scheune brennt, dann brennt sie lichterloh. Lucja ist gerade erst achtundzwanzig geworden. Polin. Was für ein Akzent! Sie war in Hamburg ganz allein auf sich gestellt, dabei so zart. Und so begabt, sie könnte Nico sein aus Velvet Underground! Sie schlug sich durch, hatte schon Auftritte als Sängerin in einer Bar im Schanzenviertel. Jobbte nebenher als Kellnerin, aber sie war oft krank. Migräne. Bei ihren Depressionen kann ihr keiner helfen, auch nicht der Freund. Sie lebte mit ihm zusammen, als wir uns kennenlernten. Zwischen den beiden war es längst aus. Sie suchte ein Zimmer. Ich habe all meine Kontakte aktiviert, denn einmal hatte sie an ihren Armen Blutergüsse. Streit mit dem Freund, auch mit mir, es war kein Streit, es war die Überreizung. Vorbeugend gegen die Migräne raucht sie Gras, was heißt hier Augen zudrücken? Wir haben schließlich früher selbst, und Gras ist kein Crystal Meth. Doch es tut ihr nicht gut, sie sollte mehr schlafen, mehr essen, sie sollte sich nicht schlagen mit dem Freund. Die Situation mit ihm war unhaltbar. Ich habe Heinz gebeten, ihr das Bett in seinem Atelier zu überlassen. Lucja vertrug den Farbgeruch nicht. Ich habe Marten bedrängt, er hat ihr Platz gemacht im Kabuff unterm Dach. Aber die Akten, Lucja nieste sich bei ihm zu Tode. Dann also Paula, doch die beiden Frauen waren sich nicht grün, das hätte ich ahnen müssen! Alle meine Freunde hab ich ausgenutzt. War kurz davor, mit Irmgard zu brechen, um den Neuanfang zu wagen. Kann man eine Ehe einfach aufgeben? Irmgard und ich, wir lassen uns seit jeher jede Freiheit. Jetzt ging sie mir aus dem Weg. Also Gelegenheit, mit Lucja zu simsen, sie zu treffen. Doch sie gab keine Antwort, oder sie kam nicht zu unseren Dates. Natürlich war sie von mir enttäuscht. Mir fehlte für alles die Zeit! Nach dem Fiasko mit Paula blieb schließlich das Gästezimmer bei Schorsch. Lucja hatte Angst vor ihm, weil er nie da war. So war sie wieder oft beim Freund. Und oft beim Gras. Auf einer dieser Wiesen traf sie Janusz. Fünfunddreißig Jahre alt und Schlagzeuger, sie maunzen zusammen Polnisch. Wahrscheinlich bin ich ihr zu alt, zu dick. Kann sein, sie ist mir zu chaotisch. Natürlich bin ich stolz, dass eine junge Frau Lust hat, mich zu verwirren. Sie singt auch dieses Lied von Tom Pillibi, der viele schöne Damen kennt und glücklich ist und lügt, sie singt es mit französischem Akzent! Das waren Sternstunden. Doch es gibt schließlich Grenzen, leider. Ich halte gern die Arme auf. Aber ich habe Lucja erklärt, wir beide brauchen etwas Zeit, uns klar zu werden, was wir wollen. Vielleicht hat es so sein sollen. Vielleicht bin ich erleichtert. Jetzt können die Wogen sich glätten. Denn es ging wirklich nicht weiter: Verletzte Irmgard, verletzte Lucja, ich bin schuld.

Lino sagt, Grândola vila morena. Ich kenn nur die Schuld vor mir selbst, und die reicht fürs Leben. Jeder muss sich selbst treu sein.

Theo nickt. Das meint sie wohl tröstend. Er reibt die Stirn. Was sagte sie? Unklar. Aber es war etwas so hart wie Stein.

Er seufzt. Ich bin im Grunde kein Beziehungsmensch, ich bin ein Einzelkämpfer. Eigentlich will ich in Ruhe Crystal Meth kochen, er zwinkert Marie zu.

Dann seufzt er noch mal. Lächelt Lino an, jetzt weißt du den Grund meiner Reise. Der Sturm in Hamburg wird sich legen. Mein armer Fuß erholt sich, und dann gehts wieder nach Hause. Morgen musst du mir deine neue Arbeit zeigen. Kunst ist am Ende wahrer als Leben.

Marie stochert in der Glut. Ein Holzscheit flammt auf.

Lino streichelt die Katze mit dem Fuß. Sie sieht Theo an: Wer allen Menschen ja sagt, macht Krieg in sich selbst. Nun bleibe mal im Frieden hier im Dorf. Jetzt will ich aus der weiten Welt Nachrichten hören.

Sie stellt das Radio an. Griechenland, EU, Obama.

Lino sagt, Die Welt ist im Ganzen noch da. Wir sehen morgen weiter. Sie zieht sich zurück.

Die Tür zum Atelier steht offen. Vom Esszimmer aus führt eine Stufe runter, Vorsicht, Theo will nicht wieder stolpern, stürzen und sich auch noch das Handgelenk verstauchen.

Das Atelier, die helle hohe Halle. Farbverschmierter, staubiger Estrich. Die meisten Möbel sind gleich vorn: Drei tiefe Graphikschränke aus Stahlblech und Holz. Gut sortierte Werkzeugregale. Mehrere schwere Truhen. Borde, die Bücher darin sind alphabetisch geordnet. Stühle, diverse Tische fürs Schreiben, Nähen, Zeichnen, Basteln. Er sieht ein altes Stehpult für Büroschreiber, für einen Bartleby, der war bestimmt noch kleiner als Lino. Deshalb hat sie die vier wurmstichigen Beine mit Klötzen gestreckt. Neben dem Pult ein staubiger Radiator, hoffentlich wird er nie angeschaltet, die teure Wärme verpufft hier sofort. Ein kleines Waschbecken, kein Luxus. Wer möchte schon mit Farbpfoten zur Küche rüber und Pilze schneiden fürs Mittagessen?

Theo liebt Ateliers und das von Lino besonders. Ein kahler Raum, gleichzeitig leer und voll.

Eine Gliederpuppe auf dem Blumenständer ringt die Arme. Theo sieht Glöckchen, einen Wackeldackel, eine geköpfte Matroschka, eine Spieluhr, ein Stehaufmännchen. Freibeutersammelsurium. Er schüttelt eine Schneekugel: Hamburger Rathaus mit Alsterfontäne. An einer Staffelei hängt ein Kleiderbügel, das aufgehängte Hemd ist in Gips erstarrt. Auf den Fensterbrettern liegen Münzen, Muscheln, Kiesel mit Glücksringen, Seesterne. Wurzeln, Schneckenhäuser, Federn. Ein ausgebleichter Kinderschuh. Lino sammelt überall Treibgut, sie findet es am Meer, in den Bergen, wahrscheinlich noch in den Wolken.

Auf einem Bord sind Einmachgläser aufgereiht. Trübe Flüssigkeiten mit Eingelegtem. Regt sich da drinnen was? Vielleicht ganz gut, keine Ahnung zu haben, wer da wohl schwimmt.

Theo riecht an Kräuterbündeln, die zum Trocknen an den Fenstergriffen hängen. Sieht Knochen und ganze Skelette von Tieren, war dieses hier ein Kaninchen?

Er streichelt einer russischen Ikone über das stille Madonnengesicht. Nichts für Protestanten, erst recht nichts für einen ausgetretenen Protestanten, aber doch schön. Nur eine Nachahmung, Papier auf Sperrholz. Strenggläubige würden seine Geste einen Frevel nennen, er hätte sich höchstens vor ihr verbeugen dürfen, sich bekreuzigen oder vielleicht ihre Hand berühren. Die gemalte Gottesmutter mit dem Kind soll Ehrfurcht wecken, Heiliges soll gegenwärtig werden. Christen sind doch Füchse. Holen sich eine Göttin in ihre männliche Welt. Immer haben sie die Widersprüche zu Gunsten ihrer Interessen gelöst. Da hatten sie in Stein gemeißelt das Verbot, sich selbst ein Bild von ihrem Gott zu machen. So stand es im alten Testament. Aber dann kommt ein heller Kopf und sagt, in Christus ist Gott Mensch geworden, Menschenbilder sind erlaubt. Das Malen war lange ein geistliches Handwerk. Und Bilder nicht Kunst oder Schmuck, sondern reine Magie.

Der Teddy seiner Kindheit fällt ihm ein, die Knopfaugen, der aufgestickte abgeküsste Mund. Immer sah das Stofftier aus, wie er sich fühlte. Trost eines kleinen Jungen. Theo nickt der Jungfrau und dem Kind zu. Sonderbar, dass ausgerechnet Lino dieses Bild in ihrem Atelier aufhebt. Die wird doch wohl nicht wieder religiös geworden sein.

Einstens Gott da, und dann nicht mehr, und vielleicht

eines Tages Gott wieder da, und gar nichts dazwischen gewesen.

Irgendein Dichter hat das geschrieben. So ähnlich.

Er sieht sich weiter um. Zupft an den Gitarrensaiten, die in einem Holzreifen die Speichen ersetzen. Die gute Lino will doch hoffentlich kein Fiedelbauer werden.

Er nimmt einen Hühnergott in die Hand. Lino hat ihn wahrscheinlich bei den Ausflügen an die Ostsee gefunden. Irgendwo zu Hause im Keller hat er auch welche von diesen Dingern. Muss er nach Portugal fahren, um über einen Hühnergott zu staunen?

Nachbarschaftszeiten in Hohenfelde. Lino verließ den Arbeitsplatz, das Atelier und die Küche, nicht gern. Marten, Irmgard und er selbst mussten drängen, damit sie nach draußen kam, zur Boberger Düne, ins Kino, in ein Museum oder mal an die Ostsee. Doch wenn man sie aus ihrem Bau geluchst hatte, genoss sie es. Abends dann die Geselligkeit in noch größerer Runde. Politische Debatten ohne Ende. Künstler, Kunstfreunde, allesamt Weltverbesserer. Wer, wenn nicht wir, und wann, wenn nicht jetzt. Der unhedonistische Rupert, der nie einen Porsche bestiegen hätte. Der konnte nicht mal das Wort buchstabieren! Und Marie fährt Auto, als wäre sie ihre eigene Tante.

Theo sieht vergilbte Fotos in einer Ecke an einer Wand, auf den ersten Blick lauter Fremde. Augenblick. Sind wir so alt geworden? Da ist er selbst, die Locken damals waren leuchtend schwarz! Vielleicht mal wieder Strähnchen in das Eisgrau machen lassen.

Er humpelt an dem Stock, den Lino ihm geliehen hat, weiter durchs Atelier. Viele kleine Schritte bis zu der gläsernen Wand mit Ausblick aufs Haus seiner Schwester. Er hofft, dass die Bewegung seinem Knöchel hilft. Aber man darf es auch nicht übertreiben. Er setzt sich auf eine Bank gegenüber der Sammlung aus Holzskulpturen. Warum hat

Lino diese Einzelstücke so dicht zueinander geschoben? Es braucht doch jede Platz, damit man sie umkreisen kann! Soll er sich die Mühe machen, eine der schweren Figuren aus ihrem Gruppenumfeld herauszuhieven, herauszurollen? Besser, er schont seinen Fuß und den Rücken.

Lino hat ihm vor Jahren was gesagt, das ihm jetzt wieder einfällt. Sie zeigte auf ein Blatt Packpapier, auf eine hingefetzte Männerskizze, eine Kontur. Jede Skulptur hat Tausende von Konturen! Doch Zeichnungen sind selbstständig. Wenn eine gelingt, steht sie auf eigenen Beinen. Es ist nicht die Zeichnung der Diener und die Skulptur der König.

Theo sitzt da, versonnen.

Angenommen, dieses Atelier wäre kein Raum, sondern es wäre eine Zeit. Frei von Herr und Knecht.

Er tippt sich an die Stirn, verrückt. Das hier ist ein Raum!

Die Zeit ist eine Linie. Der Raum ist Höhe, Tiefe, Weite. Leere oder Fülle.

Aber ist Zeit denn eine Linie am Stück?

Wieder verschiebt sich etwas.

Theo erkennt die Holzgestalten von Lino als Bäume. Er hört das Schieben, Ächzen, Reiben: Baumstämme im Wald im Wind nah beieinander.

Er steht im Wald. Er sitzt im Atelier.

Mit Blicken umfasst er die Gruppe. Er sieht Formen, die gebannt wirken, wie in sich eingeschlossen. Andere Gestalten ducken sich, sind schon zum Sprung bereit. Im Holz erkennt er Schwung und Heftigkeit und Aufrichtung.

So eine wünschenswerte Kraft. Und so eine Entschiedenheit! Ja oder Nein.

Er seufzt. Da gibts kein Hier-Lucja-und-da-Irmgard. Mit seinen Augen streichelt er die Rundungen einer abstrakten Form aus Kirschholz. Mit seinen Augen wandert er durch Mulden, auf Hügel. Marie hat recht, Ameise müsste man sein und mit erhobenen Fühlern durch diese Ländereien laufen.

Von seiner Bank aus schaut er zur Längswand hinüber, an der eine Folge von Tuschzeichnungen hängt. Menschliche wild bewegte Körper, als tanzte der Pinsel übers Papier. Linos Malereien und ihre Skulpturen sind ein komplexes Verwandtschaftssystem, das kann er erkennen.

Er brächte es ihr gegenüber nicht über die Lippen. Obwohl sein Selbstbewusstsein gut ist, fühlt er sich dumm vor ihrer Arbeit: Kaum hat er einen Gedanken zu fassen, schon rutscht der ihm weg ins Banale. Sollen die Sprachfreunde doch was sagen. Aber auch Marie fragt höchstens nach Material oder Machart oder fängt an zu husten.

Schon wieder sammeln die beiden Frauen draußen am Hang Kastanien. Wer nicht jagen kann, muss sammeln. Frauenarbeit. Wenns ihnen Freude macht. Marie mit ihrem Loblied auf die Spinnennetze! Hat sie nicht genug davon in ihrem Hof in Hamburg, zwischen Stockrosen und Hibiskus? Fährt sie nach Portugal zu Lino, um im Gestrüpp mit der Nase am Boden nach Kleingetier Ausschau zu halten?

Nicht mit ihm. Ihm geht es gut im Atelier. Ihn freut die Ordnung in dem Sammelsurium der Werkstatt, er humpelt herum, nimmt Dinge in die Hand. In seiner Praxis liegen die Geräte auch immer so, wie sie sollen, er hat sein System. Die neue MTA lässt leider alles fallen. Dafür hat sie rote Locken, Sommersprossen. Was geht es ihn an? Im Grunde ist er ein Mönch! Einer, der im Abteigemäuer von Kunst und Musik erhoben wird. Tom Pillibi und Telemann, warum denn nicht. Marten und Rupert, das waren auch zwei sonderbare Heilige. Früher träumten sie davon, ein Mischkloster zu gründen, Mönche und Nonnen fröhlich beisammen. Besser gleich eine Kommune!

Traurig, dass Marten und Lino getrennt sind. Immerhin

sind sie Freunde geblieben oder geworden. Und was sollte Marten auch in dieser gottverlassenen Gegend anfangen. Ziegen verteidigen? Den Eseln das Gesetz auslegen? In Hamburg hat er nicht mehr viele Klienten. Der lebt von Beratungen und von Luft.

*

Er war im Frühsommer da, und vielleicht kommt er zu Silvester. Er kann sich selbst beschäftigen, hat Fantasie und Sinn für die Natur.

Lino redet nur selten von Marten.

Das stimmt, sagt Marie. Fantasie wie ein Wilder!

Lino hatte ihr die Geburtstagsmail von ihm gezeigt. Den getürkten Lexikoneintrag, die Inkarnationen von Lino, und den Leserkommentar. Wer kann schon noch mal anfangen? Aber wir geben nicht auf.

Das Atelier in Feital hat einen Namen. Temos Tempo, nehmen wir uns Zeit.

Marie denkt, dass man sich dazu etwas denken kann.

In Zeiten, als das Wünschen noch geholfen hat, kamen Rede und Antwort zusammen. Umfingen sich, umschlangen sich. Doch hier ist keine Wunschzeit. Die Wirklichkeit geht ihrer Wege.

Marie weiß, Lino lebt in der Gegenwart, und niemand wird ihr einen Mühlstein um den Hals binden, eine Zukunft aus der Vergangenheit. Wohlmeinende Freunde sollen sie in Ruhe lassen mit der Nostalgie, der Sentimentalität, den Wünschen, die nicht ihre eigenen sind. Vielleicht begreift nur Marten sie. Der Winkeladvokat in Schnelsen unterm Dach mit seiner Rente um den Nullpunkt.

Lino sagt, Als er im Frühsommer hier war, sah er ein bisschen alt aus. Wahrscheinlich spricht er von mir auch so. Was solls. Wir machen weiter.

Sie wirft ein Stöckchen für Vasco. Lauf, du alter Hinkehund!

Sie fächelt sich mit ihrem Hut Luft zu. Bis Silvester ists noch weit. Noch so viel zu tun in den nächsten Wochen. Die Kastanien hier sind zu schaffen. Aber all die Bäume bei der Quinta do Espinheiro. Sie gehören eigentlich José. Der klettert lieber auf den Eiffelturm, als sich auf seinem eigenen Land zu bücken. Wenn du mal wieder rüberwillst, frag Beto oder Antonio, sie nehmen dich mit.

Linos Kastanieneimer sind voll, sie geht damit runter zum Haus.

Marie sammelt weiter. Vasco sieht ihr zu.

*

Eine der Reisen mit Rupert, drei Tage lang im Deux Chevaux vom Dorf im Rheiderland zum Dornenhof, der Quinta do Espinheiro.

Erste Übernachtung in Alençon, bei Ruperts Sohn Friedo. Der Weg bis zu ihm nach Frankreich war zu schaffen, denn es gab zwei Fluchtpunkte. Der Nachbar Fokko zu Hause würde Rupert und Marie mit seinen langen Netzen einholen, falls etwas schiefginge, darauf vertrauten sie aus Erfahrung. Auf der anderen Seite der Tour winkte Friedo, der in Erwartungsfreude auf den Vater längst geflaggt hatte.

Der zweite Reisetag sollte Marie und Rupert bis an die spanische Grenze führen. Eine gefährliche Strecke. Kein vertrauter Mensch am Ziel, bloß ein Motel, das Rupert von früheren Reisen her kannte. Er wies an diesem Tag auf jedes Logo hin, das eine Citroën-Werkstatt anzeigte. Immer klapperte etwas am Auto. Irgendwo in Südfrankreich heftiges Autohupen, der Fahrer eines Volvos winkte, überholte lässig, ließ sich zurückfallen, überholte, hupte, strahlte. Marie und Rupert schimpften. Endlich verstanden sie, sahen das Kennzeichen des Autos, Landkreis Leer/Ostfriesland. Sie winkten wild zurück. Schiffe, die sich nachts begegnen! Der Satz wurde zum Losungswort. Nachts im Motel ein klammes Zimmer. Im Bad stank es nach Sagrotan. Die Ohren sausten nach dem Lärm der langen Fahrt. Das Bett roch nach Kartoffelsack. Also vertraut. Sie waren stolz auf ihre weite Tagesreise. Sie liebten sich. Die Matratzen ein Elend.

Der dritte Reisetag schien ihnen wieder einfach. Linos Brüder würden helfen, wenn dem Citroën die Hufe abfielen. Eine Hoffnung, die so realistisch war wie die, dass Friedo sie von Holland aus zu sich nach Alençon abschleppen würde, aber sie trug eine Weile. Ruperts Stimmung sank, als sie in Portugal waren. Für den Europaverkehr waren breite Schneisen in die Berge geschlagen worden. Glatte gerade Pisten, wo einmal bucklige Straßen gewesen waren. Wer heult schon über verlorene Buckel, sagte Rupert zornig.

Sie fuhren damals erst Autobahnpisten, dann Straßen. Ab Trancoso kam eine Holperstraße. Hinter Feital, Richtung Tamanhos, wurde daraus ein unbefestigter Weg. Rupert sagte, jetzt noch schätzungsweise zwei Kilometer. Dann kannst du links am Weg die zwei Pinien sehen. Das ist der Abbieger, da gehts zur Quinta runter. Marie sagte gereizt, Hier stehen überall am Wegrand Pinien! Wenn Rupert lächelte, bekam er Grübchen. Ich meine doch nicht die gewöhnlichen Allerweltspinien! Ich meine zwei besondere! Jetzt bald müssen sie kommen. Sie sind meine Tür ins Versteck. Er musterte die Bäume, dann hielt er an, stieß mit dem Ellbogen das Klappfenster des Citroëns hoch, zeigte raus. Da ist unser Abzweig, siehst du? Aber wir fahren den Pfad lieber nicht mit dem Auto. Sonst schrappt es sich den Bauch auf.

Er polterte es vorsichtig ein paar Meter hangab, aus dem Weg.

Marie sah ein wildes Gelände. Ginster, Pinien, Geröll, Maronenbäume, Brombeerranken, kleine Grundstücksmauern. Ach so. Und diese Flechtenschindeln da im Stein, die sind das Dach der Quinta.

Rupert schaltete den Motor aus, und beide stiegen aus. Das Flöten des Pirols und andere Vogelstimmen, die Marie nicht kannte. Geruch nach Asche, Stein und Kraut und Sonne.

Sie schleppten Bettzeug und Koffer, Schreibmaschinen und Lebensmittel zum Dornenhof. Sie liefen rauf und runter. Dämmerung kam auf. Im Kraut feine Insektentöne.

ein ameisenzug rückt an über halde und stall und halm und hals … wir hören das zirpende zimbeln …

Rupert machte in der Küche im Kamin das erste Feuer an. Feuerfreund.

Umfingen sich. Umschlangen sich. Und wenn sie nicht.

Bis heute will Marie nicht noch einmal zur Quinta do Espinheiro.

Verfluchtes Viehzeug, geh mir aus dem Weg, sagt sie leise dem Hund.

Vasco sieht sie verstandnislos an.

*

Der Hund umspringt sie auf drei guten Pfoten, als sie ihre Eimer voll hat und zum Haus geht.

Lino und Theo sitzen draußen unterm Feigenbaum auf einer der kleinen Terrassen, knacken Walnüsse.

Tante Celina wollte lange Zeit nicht wissen, dass ihre Augen für diese Arbeit zu schlecht sind, sagt Lino. Dann hatte ihr Urenkel Tomeo den sechsten Geburtstag. Heute feiern die Leute ständig mit ihren Kindern, den Geburtstag und den ersten Schultag und den Osterhasen. Tante Celinas Nusskuchen hatte sehr viele Schalen und Splitter. Tomeo hat sich verschluckt, ist blau geworden, Antonio hat ihn umgedreht, an den Füßen gepackt, geschüttelt wie einen Sack, es war festlich.

Vasco legt sich auf den Fuß von Theo und schließt die Augen. Theo duldet es, vielleicht will der Hund seinen Knöchel wärmen. Er isst eine Nuss, die nächste kommt in die Schüssel und immer so weiter. Erdnüsse sollen ungesund sein. Diese hier machen nur dick, aber Lucja tanzt mit Janusz. Und Irmgard ist auch keine Feder.

Im Felsengarten fällt ein Schuss.

Er seufzt. Ich würde gerne wieder mal mit Beto Wildschweine jagen. Vor fünf Jahren hab ich beinahe eins erwischt.

Lino fragt, Mit deinem Humpelbein? Denkst du, Beto hat Zeit zum Spielen?

Ich hab neulich ein neues Rezept ausprobiert, sagt Theo. Mein Wildschwein kommt vom Isemarkt, es zuckt aber noch, so frisch. Das Rezept ist vom Nachbarn.

Er zückt sein Smartphone und wischt, Da haben wir's. Du nimmst Arganöl und grüne Currypaste.

Gibts nicht in Trancoso, sagt Lino.

Kannst du bei Amazon bestellen!

Im Tausch gegen frische Mönche? Wir sind hier knapp mit Goldstücken.

So gern er alle seine Künstlerfreunde hat, beim Thema Geld werden sie immer grob. Ihm ist das peinlich.

Lino legt ihm die Hand auf die Schulter. Probiere mal Wildschwein mit Feigen. Ich esse auch gern Ziege. Tante Celina hält immer noch eine, nur zur Gesellschaft, die müsste man aber sehr lange kochen. Ich habe keine Angst, ein Tier zu töten. Denn wenn man Tiere liebt, dann lässt man sie beim Zubereiten wiederauferstehen.

Ganz und gar, sagt Theo, mit Zunge und Hirn und Herz. Selbst Rinderfüße schmecken mir, wenn sie nur gut gewürzt sind. Man ist schließlich ein Weltenbummler. Und außerdem Gourmet!

Lino schüttelt sich: Die Mutter hat manchmal Suppe aus den Kuhfüßen gekocht. Sie hat den Schaum nicht abgeschöpft. Der Vater mochte Suppen. Für Kinder war es ein strenges Essen.

Marie fragt, Gab es das oft?

Lino sieht zornig aus, von einem Moment zum anderen.

Du denkst vielleicht, wir wären früher sonntags in den Wienerwald gezogen?

Nie weiß Marie, welche von ihren Fragen etwas auslöst, was sie nicht wollte.

Theo sagt, Irmgard und ich, wir kaufen möglichst nur ganze Tiere. Oder teilen ein Lamm mit den Nachbarn. Im Supermarkt könnte man denken, ein einzelnes Huhn hat zwölf Schenkel, acht Brüste. Der Rest von ihm geht in das Tierfutter und macht die Rinder wahnsinnig. Oder er fliegt nach Afrika und konkurriert die einheimische Landwirtschaft zu Tode. Wenn das Federvieh was mitzureden hätte, gäbs sowieso keine Mastbetriebe!

Marie sagt, Bei den Türken in St. Georg kannst du Hühnerkrallen und Schafszungen kaufen.

Von der Gasse her hören sie heiseres Schreien, ein Stock durchschneidet die Luft. Nachbar Emilio treibt seine Kühe zur Weide. Das feine Bimbam ihrer Glocken, das dunkle Muhen.

Theo sagt, Hier möchte man ein Rindvieh sein. Unter freiem Himmel leben, nur fressen, saufen, Kontakte pflegen. In der Gegend um Aurich wurde ein Bauer von Feriengästen verklagt, wegen Straßenverschmutzung. Die Gäste lieben die Natur nicht mehr, wenn ein Kuhfladen ihre Autos versaut. Der angeklagte Bauer hat seine Herde trainiert. Pissen, Durchfall, Rülpsen nur noch im Stall erlaubt.

Bei Emilio wärst du nicht froh als Tier, sagt Lino. Wie dumm er ist, er wars schon immer. Konnte nie hüten. Die Kuh läuft dahin, wo ihr Kopf hinzeigt. Das sagte der Vater oft, das war eine leichte Regel. Jedes Kind kann sie lernen. Wenn es klug ist, fragt es sich: Was weckt als Nächstes die Neugier der Kuh? Fragen, denken, handeln. Emilios Gedanken sind nie bei der Sache. Also sind seine Tiere wund vom Stock.

Theo fragt, Dein Vater war wohl ein guter Bauer?

Lino sagt: So gut, dass er Milch aus den Felsen schlug.

*

Der Vater zog auf eine Wallfahrt nach Sra da Lapa. Er ging als Kind als Tagelöhner. Er schleppte das Futter für seine Ochsen. Machte ein Diplom für seinen Führerschein. Hat das Betrügen nie gelernt, hat auch kein Geld vermisst, hat nicht mal eine Fliege getötet!

Lino blättert in den Seiten, die Marie mitgebracht hatte.

Theo hat sich mit Kaffee und Feigen an den Computer ins Atelier verzogen.

Im Esszimmer trinkt Lino Tee und liest und raucht nach einer Zigarette gleich die nächste. Warum bringt Marie ihr diese alten Sachen mit? Undenkbar, dass der Vater schrieb. Hatte er also mit Rupert geredet oder nur mit der Luft? Wie kommt portugiesisches Sprechen als Deutsch auf Papier? Wer hat übersetzt? Das hier ist eine völlig fremde Schrift! Soll sie darüber nachdenken, was damals war? Es ist vorbei.

Sie sagt, So viele Quellen für Fehler. Der Vater hat geredet, aber wars die Wahrheit? Blödsinn. Schon sein Geburtsdatum hat er falsch angegeben. 1909, Mai siebenundzwanzig, warum nicht der 31. Februar? Zahlen waren für die Ämter. Auch später noch. Als die Mutter ihre Kinder kriegte. Der weite Weg zur Anmeldung zum Rathaus. Da lügt man für Behördenleute ein Geburtsdatum, die Fristen müssen eingehalten werden. Und hier. Der Vater sagt, die

Kinder sollen navigieren, wie sie wollen. Großartig. Einige Jahre später verschwindet er ohne Abschied nach Porto. Und hier. Seine Gefährtin, die er so sehr liebt. Wie rührend. Weiter. Nicht mal eine Fliege hat er umgebracht. Und dankt Gott für sein Glück. Ich bin bewegt. Der Vater hat gedichtet. Poeta. Er und Gott? Er hat zu die Kuh gebetet!

Marie hört etwas. Da wächst kein grünes Gras. Sie hört ein Wuchern. Sie zögert.

Dann zeigt sie auf Linos Porträt von Tante Celina. Das ist ein Bild, das stimmt, sagt sie. Da fragt man nicht, wie ist der Abstand von der Nasenwurzel bis zum Kinn. Du entscheidest dich bei deiner Arbeit. Du wählst aus, betonst, nimmst etwas weg, oder du fügst etwas hinzu. Kann Reden nicht auch diese Art von Arbeit sein? Also stimmt vielleicht, was Felipe von sich selbst erzählen wollte?

Niemand wollte etwas von der Mutter wissen, sagt Lino. Niemand, außer José vielleicht. Ich auch nicht.

Marie hört das Wuchern.

Sie sagt, Manchmal sind Leute da, als wären sie nicht da. Meine Großmutter Mamatschi war so eine, in den letzten Lebensjahren. Man sah sie noch, in der Küche, in ihrem Zimmer. Aber sie war weg. Weißt du, ob deine Mutter weg sein wollte?

Linos Zorn. Absurdo! Die Toten sind Staub! Und die Vergangenheit ist fort!

Klar, sagt Marie, auch sie plötzlich zornig: Alles, was älter ist als ein Smartphone, fällt in den Sumpf. Sturm auf die Bastille und Nelkenrevolution und der Eiserne Vorhang, ein Eselskarren und ein Deux Chevaux, Hölderlin, Eltern und Großeltern, alle Verstorbenen aus allen Zeiten, weg damit in den Sumpf. Kannst du vergessen.

Linos schnelle Antwort: Lass die Toten die Toten begraben!

Marie sagt sich, Ausatmen, einatmen und weiter so. Wer sich umdreht, muss erstarren.

Aber manchmal will man sich erinnern. Ausatmen, einatmen.

Wir sind keine unbeschriebenen Blätter, sagt sie. Leute wie Felipe, Lavinia, Mamatschi, Doktor Phil und Rupert, selbst die namenlosen Steinzeitmenschen machen in uns weiter.

Wir sind komplizierte Zellhaufen. Vor Milliarden Jahren waren wir mal Algen. Phototrophen, die im Wasser trieben. Aus dieser Zeit kommt unser Drang nach Licht. Wir machen unsere Geschichte selbst, aber in einem Feld, das schon bezeichnet ist.

Lino sagt, Sonhos, Träume. Dann sagt sie, Das stimmt.

Sie lächelt, der deutsche Ausdruck gefällt ihr. Er hat etwas mit der Stimme zu tun, mit dem sprechenden Körper, der manchmal gut klingt. Ein Körper als Klang? Sie klopft sich an die Stirn, blättert in den Papieren des Vaters. Mein Leben ist Müssen, ich will Küsse und Umarmungen, wer gibt sie mir noch?

Er hat sie nicht gefragt.

Lino sieht Marie an. Wir haben Sie zu den Eltern gesagt. Ich lief an der Seite des Vaters als Junge. Mit zehn Jahren schickte er mich nach Porto zur Schule. Fünf Stunden Fahrt, damals. Ich war bei Verwandten im Wohngefängnis. Die Eltern gaben kein Geld aus, um mir an Weihnachten die Zugfahrten nach Hause zu bezahlen.

Dein Vater hat die Kirche von Feital renovieren lassen und Kühe gekauft, sagt Marie.

Lino nickt. Der Zorn ist weg. Sie sagt, Das stimmt.

Andeutung eines Lächelns.

Draußen fällt ein leichter Regen. Gut fürs Gras, das wieder wachsen kann.

Lino sagt, Wenn Theo mit den E-Mails an Lucja oder Irmgard oder Mafalda fertig ist, könnten wir uns zu ihm an den Rechner setzen. Wir könnten meinen alten Film über den Vater ansehen. Über ihn und alle Algen, die nach Licht suchen.

*

Verblassende Farben. Staubwolken, Ginster, Geröll. Die Bauern haben ihre Hocken aufgehäufelt.

Hocken, anderswo sagt man Diemen. Beides Wörter, lange nicht gedacht und ausgesprochen, sie werden in Hamburg nicht gebraucht.

Marie bewundert die Mützenformen der Garbenhaufen aus Heu. Eine Kunst, sie zusammenzusetzen, aufzuschichten, so dass der Wind sie trocknet.

Die Kamera folgt einem Landrover, der über den bröckligen Weg hangauf, hangab nach Feital rollt. 1982 gab es die Asphaltstraße noch nicht. Der Wagen hält vor dem Haus, in dem Beto jetzt wohnt. Lino steigt vom Beifahrersitz, sie hat noch langes Haar. Sie begrüßt vor dem Hoftor Felipe. Die Frau im Haus ist wohl Lavinia, neben ihr eine Alte. Vielleicht die zeitlose Tante Celina.

Theo kann nicht unterscheiden, ob die beiden Frauen auf dem Bildschirm stricken oder häkeln, erkennt nur wirbelnde Hände. In der Familie von Lino kann anscheinend keiner Ruhe geben. Oder die Frauen sind durch das Filmteam beeinflusst, gestellt, deshalb sticken sie wie besessen. Wie viele Nadeln braucht man fürs Stricken? Vielleicht hat die Kamera keine Schuld. Wenn diese Frauen seit Jahrzehnten in jeder freien Minute mit Garn und Nadeln hantieren, dann ist die mechanische Eile ihre Natur geworden. Seine eigene Mutter in Aurich war auch nicht zu halten, wenn sie ihren Kindern früher Brote schmierte. Heftige Bewegungen, als stünde sie unter Akkord. Er hatte gedacht, sie wollte ihnen ein paar runterhauen.

Der Film zeigt Felipe und Lino am Esstisch. Lino hat aus

Hamburg ein Glas eingelegten Hering mitgebracht. Sie sagt dem Vater etwas Portugiesisches, dann kommt ein deutsches Wort. Rollmops. Der Vater zieht ein mürrisches Gesicht.

Marie wusste nicht, dass Rollmops dem Klang nach ein Kitzelwort ist.

Felipe probiert den fremden Fisch. Er schneidet Salzgurken, isst Zwiebeln.

Theo sagt, Dein Vater tut, als wäre alles ganz in Ordnung.

Lino wirft ihm einen Blick zu.

Die Kamera zeigt an den Wänden ihres Elternhauses Bilder vom Papst und von Jesus.

Ein Regulator schlägt die Zeit.

Draußen im Hof ein umgekippter Eimer, ein Huhn steht darauf und plustert sich.

Felipe treibt trödelnde Kühe durchs Dorf, eine begibt sich zum Brunnen, blickt bedächtig ins Wasser, bevor sie säuft. Alle Zeit der Welt.

Felipe und zwei seiner Söhne, im Hof beieinander auf Kürbissen sitzend. Doch man erkennt, wer da der Patriarch ist und wer Knecht.

Lino vor einer Staffelei, sie zeichnet Kürbisse, die fliegen.

Das Bild hängt in St. Georg in der Küche von Marie. *Der weiße Vogel, sonnig schwebend über fliegenden reifenden Kürbissen, Paprika, Zwetschgen. Das Sausen von Gans und Früchten durchs Blau,* in Feital melkt einer von Linos Brüdern die Kühe. Es gibt schon eine Melkmaschine, die setzt er an, nachdem er die Euter gewaschen hat. Zwei Frauen gießen Milch durch ein Sieb.

Die Lino von früher erklärt aus dem Off: Wenn Kinder zu viel Käse essen, verlieren sie ihr Gedächtnis. So sagte der Vater zu uns, denn Käse ist eine Geldeinnahme.

Die Lino von heute raucht.

Theo ruft, da ist der Markt in Trancoso! Geschirr und Handwerkszeug auf Planen am Boden, Wäsche auf den

Tischen aus Beton. Körbe voll Eier, in Käfigen Hühner und Tauben. Fleisch wird gegrillt, eine Kuh am Strick fortgeführt. Felipe trägt wie die meisten anderen Bauern ein Jackett mit Einstecktuch.

Theo freut sich über die schwarzen eisernen Dreibeinkessel, in denen an Feuerstellen Eintöpfe köcheln. Ich hätte so ein Ding mal kaufen sollen, sagt er, aber was macht man damit in Hamburg? Nur Dekoration. Höchstens als Blumenvase zu gebrauchen.

Kälber sind an einen Kleinlaster gebunden, pendelnde Schwänze, Fliegen.

Männer und Jungen stehen gebannt um einen kleinen Kreis aus brennendem Stroh, in dem Skorpione um ihr Leben laufen.

Lino erklärt: Kein Skorpion bringt sich in einer ausweglosen Lage selbst um, das ist Aberglaube.

Theo sagt, Wenn auf dem Isemarkt in Eppendorf so etwas stattfände, dann käme gleich der Tierschutz. Was halten eigentlich die Vegetarier davon, wenn wir demnächst Insekten essen? Ruhe, zischt Marie.

Die Kamera ist wieder in Feital. Eine Kuh unterm Joch, an dem ein Pflug befestigt wird. Strohige, staubige, magere Erde, ein Kind führt die Kuh übers Feld, ein Bauer stemmt und stößt den Pflug vorwärts. Grobe, ungerade Furchen.

Theo sagt, Wenn nicht die Kleider von heute wären, könnte man denken, man ist in der Steinzeit.

Eisenzeit, sagt Lino. Denkst du, die Ackergeräte bestehen aus Holz und aus Spucke?

Ihre Filmstimme sagt, Die Kinder gehen nicht ständig zur Schule. Ihre Eltern brauchen ihre Arbeitskraft.

Das Dreschen war Männersache. Felipe im Kreis mit drei anderen Bauern draußen auf einer Tenne, sie stimmen sich ein, um den Takt zu finden. Das Auf und Ab der Arme mit den Dreschflegeln. Das rhythmische Prügeln. Körner spritzen nach allen Seiten. Geraschel von Stroh. Die Männer nehmen in der Pause ihre Hüte ab, wischen den Schweiß weg.

Und ich bezahle schweres Geld fürs Fitnessstudio, sagt Theo, die Hände überm Bauch gefaltet.

Lino verschluckt eine Bemerkung. Felipe und die anderen Bauern bestehen aus Muskeln und Flüchen.

Der Film zeigt Arbeiten, die typisch waren. Spreu vom Korn trennen. Frauen enthülsen Mais und machen Brennholz. Beto fährt auf einem kleinen Traktor übers Feld, räumt Felsbrocken in einer angehängten Schaufel fort. Die Steine sind so schwer, dass sich die Vorderräder seines Traktors in der Luft drehen. Ein Traktor wie ein tanzendes Insekt. Felipe und Beto erhöhen mit den Steinen eine der niedrigen Mauern am Feldrand. Jemand führt einen hochbeladenen Eselskarren nach Hause. Brotteig wird geschlagen, zum Backhaus des Dorfes getragen. Lino erklärt, der Vater sagte, ich ess Roggenbrot, damit ihr Kinder später Weißbrot habt.

Filmbilder, 1982. Die Kamera zeigt Kinder auf der Dorfstraße, sie breiten eine große Plane aus. Papier wird ausgerollt. Lino kommt ins Bild mit einer Schachtel voller Buntstifte und Filzmaler. Die Kinder hocken und liegen am Boden, streiten um die Farben. Eltern und Alte sitzen auf einer kleinen Mauer, Felipe ist dabei. Dann knien er und ein anderer Mann bei den Kindern. Alle zusammen zeichnen Blumen, Vögel, Kühe, Menschen.

Lino hat den Film lang nicht mehr angesehen.

Theo sagt, Man merkt, du achtest die Leute. Dein Vater war wohl stolz auf dich?

Lino hat keine Lust zum Reden. Es ist kalt im Atelier, sie will ins Esszimmer ans Feuer gehen.

Der Vater ließ sich von ihr filmen, er hat freiwillig einen Stift genommen, hat selbst gezeichnet, um es der ältesten Tochter zu zeigen.

Natürlich war er stolz auf sie. Wie sie auf ihn.

Aber was ist denn Stolz für ein Gefühl? Etwas mit Abstand.

Vater, wie geht es Ihnen? Das war die Begrüßung, wenn sie zurück ins Dorf zur Familie kam.

Wortarme Liebe.

*

Wie schnell sich die Spuren verlieren. Felipe hat seine Initialen nur selten irgendwo angebracht. Einmal an seinem Hoftor. Die Mauern, die er legte, hatten seine individuelle Handschrift. Jeder im Dorf konnte die Mauerschriften aller Nachbarn unterscheiden. Natürlich hat auch Felipe gelegentlich was in die Felsen eingeritzt und eingegraben. Flüchtiger Zeitvertreib. Längst überdeckt von Moos und Flechten, von Brombeerranken.

Unter den wuchernden Pflanzen birst der Granit.

Wenn ein Stein zerbricht, ohne von Menschen zerschlagen zu werden. Wie klingt das?

Marie und ihre Fragen bei der Kastanienarbeit.

Lino markiert einen neuen Pilz.

Maronen kollern in die Eimer. Man kann die Zeit mit ihnen messen. Vier Eimer, zwei Sammler, zwei Stunden.

Schöner früher Morgen, vorsichtige Sonne.

Marie zeigt Lino einen kleinen Stein. Jemand hat eine Spirale hineingeritzt, wohl kaum ein Höhlenmensch oder ein Gote. Mehr jemand von gestern oder von heute. Vielleicht Felipe.

Nimm ihn mit nach Hamburg, sagt Lino. Vielleicht bringt er dir Glück. Oder man glaubt an Santa Mafalda. Der Vater glaubte an die gute Erde. Er roch an ihr, bevor er säte. Er hatte ein kleines Beet hinterm Stall, da grub er Messer ein. Sie sollten in der guten Erde frische Kraft bekommen. Beto hat sie gefunden, als er den Schuppen anbaute.

Sie nimmt eine Harke, geht zwei Bäume weiter, recht Laub.

Vasco bellt, Marie geht hin, Lino winkt lachend ab, kommt aber auch.

Du blinder alter Hund. Theo müsste ihm eine Brille aufschreiben. Manche Blume ist für ihn ein Schmetterling, aber gebunden, an der Leine. Ein Schmetterling, das ist eine fliegende Blume. Er weiß nicht, wen er jagen will.

Sie sagt ihm etwas Portugiesisches, der alte Vasco kratzt sich an der Stirn.

Marie kauert wieder am Boden.

Laub und Farn, braune Stachelschalen. Ameisen, geduldig und entschlossen. Eine nasse Fliege kriecht aus Brombeerblättergewirr heraus, läuft über einen Stein, rastet in einem Sonnenfleck und putzt die Flügel. Feine Spinnennetze, wie aus Hauch gewebt. Tautropfen glitzern in den Fäden. Notenschrift des Taus. Man würde dieses Lied gern hören können. Marie horcht. Dann bläst sie wieder sachte einen Atemstrom in das Gespinst. Nichts von der Begrüßung bleibt, vielleicht nur etwas in ihr selbst.

Ein lauter Schrei.

Sie fährt zusammen.

Im Bruchteil von Sekunden fließt Adrenalin, dann versteht sie. Auf dem Nachbargrundstück steht der Esel, kaum zwanzig Schritte von ihr entfernt. Lebender Blasebalg. Die starken Stöhn- und Quietschgeräusche gehen weiter. Ein rücksichtsloser Lärm aus Rost. In eine Gießkanne aus Blech gequetschte Stöße. Unerhört.

Sie holt tief Luft. Sie möchte ihn und sich beruhigen, sagt: Dein Lied stimmt auch. Du alter Esel.

Theo streift ums Haus und findet wieder mal, das Leben meint es gut mit ihm. Zwei Stunden später ist er sich nicht mehr so sicher.

Er hat den Mittagstisch gedeckt, als Lino und Marie ins Haus kommen. Das Nudelwasser ist kurz vor dem Sieden, in der Pfanne blubbern die Gulaschreste vom Vortag.

Schön, sagt Lino, da irrt sie.

Man sollte Kastanien sammeln, sagt er beim Essen, dann wäre das Leben leicht. Ich hab mich vor die Küchentür gesetzt, um hinunter ins Tal zu sehen. Nach einer Ewigkeit ist es genug. Warum kein Smartphoneempfang, auch nicht weiter oben am Hang? Die Technik muss laufen. Wir alle sind Junkies, nicht nur die Jugend. Sogar die Rentner mit dem grauen Star in meiner Praxis fummeln mit iPads. Jetzt bin ich hier und habe Ferien. Warum muss ich in deinem Atelier den Rechner anwerfen?

Lino legt die Gabel hin. Hast du ihn abgestürzt?

Theo sagt, Der funktioniert.

Lino isst weiter.

Die Welt ist reich an Möglichkeiten, sich zu sorgen. Tante Celina wird ein Pflegefall, Betos Familie kommt in den Schuldenturm, der Ginster rund ums Grundstück brennt, die eigene Arbeit geht nicht voran, ein Behördenmensch kommt, ein Maurer kommt nicht, das Rauchen bringt Krebs, die Technik fällt aus.

Theo sagt, Meine Schwester macht Ärger. *La familia es merda.* Doch es war meine Schuld. Ich hab mich etwas naiv verhalten.

Lino hasst es, beim Essen von schwierigen Dingen zu reden. Jeder, der sie kennt, weiß das.

Marie fängt an von Breaking Bad zu sprechen, von Walter White und seiner Gattin.

Theo legt seine Gabel hin. Er sagt, Man kann Susanne nicht mit Walters hirnrissiger Frau vergleichen. Aber als Älteste von uns meint sie, sie ist der Boss.

Lino sagt, Wir beide sind im Einklang, wenn sie hier ist.

Theo legt sein Messer ordentlich neben die Gabel.

Ich wollte nur helfen. Foz Côa war mein Unglückstag. Der Sturz. Die schlimme Autofahrt, und als wir endlich wieder hier waren, hatte ich eine SMS von Lucja. Dringend! Unsere Geschichte ist im Grunde längst vorbei. Sie dort, ich hier. Aber der Freund hat sie und Janusz rausgeschmissen. Kein Dach über dem Kopf! Es ging nur noch um eine Nacht, sie wollten anderntags nach London. Endlich hab ich Susanne in Berlin erreicht. Was will sie da? Egal. Ich hab sie weichgequatscht: Denk an Maria und Josef! Sie hat im Souterrain ein Gästezimmer. Sie sagte: Wenn du für deine Freunde geradestehst. Dann verriet sie mir das Versteck für den Schlüssel. Ich hab es Lucja weitergesimst. Ich dachte nicht, dass es Probleme geben würde. Das war wohl etwas naiv.

Theo lädt sich noch mal den Teller voll.

Bei meinen Mails vorhin war eine von Susanne.

Marie sagt: Als sie zurück in Hamburg war, sah sie, ihr Haus ist ausgeweidet worden. Fenster zerbrochen, vernagelt. An die Wand im Wohnzimmer hat jemand große Buchstaben geschrieben: Heisenberg!

Theo sagt, So schlimm wie in dem Film war es für meine Schwester nicht. Lucja und Janusz haben bloß etwas verwechselt.

Er sieht die alten Plüschtiere noch vor sich, eine ordentliche Reihe auf Susannes Kopfkissen. Esel, Löwe, Teddy

Jonas, Lamm. So und nicht anders lagen sie da. Die Schwester war schon als Mädchen penibel. Warum muss sie den Kinderkram durchs Leben tragen?

Er sagt: Lucja und Janusz haben nur das Schlafzimmer benutzt. Und ihre eigenen Schlafsäcke. Susanne hätte nichts gemerkt, wenn sie kein Zwangscharakter wäre. Aber auf ihrem Kopfkissen lagen die Tiere in der falschen Reihenfolge. Neben dem Lamm der Löwe.

Susanne schrieb: Vertrauensmissbrauch. Übergriffigkeit. Einbruch in die Intimsphäre. Grenzüberschreitung. Kann sie nicht positiv denken? Wir Älteren sind keine gefürchteten oder gehassten Autoritäten für die Jugend, das ist ein Fortschritt! Wie soll ich darauf kommen, dass Lucja sich im Keller fürchtet? Ich hätte wissen müssen, dass die Jugend heute anders ist. Nicht mehr so streng in ihrer Abgrenzung. Wir hatten damals unseren Stolz. Wir legten Wert auf Unabhängigkeit. Ich habe lieber im Regen gezeltet, als die Alten um ein Dach über dem Kopf zu bitten! Wir waren nicht reich, aber lustig. Alles war einfach, das Trampen, die offenen Betten. Nur Susanne war früher schon etepetete. Warum muss sie mich jetzt zusammenfalten wegen Lucja? Was ich auch immer versuche in bester Absicht: Bis heute ist Susanne die Instanz, die dafür sorgt, dass ich ein Esel bleibe.

Marie sagt, Schreib ihr, Lamm und Löwe weiden beieinander. Ihre Tiere sind ins Paradies zurückgekehrt!

Theo winkt ab: Kleine Scherze. Ironien, Ablenkungsmanöver, so etwas wirkt bei ihr nicht. Weißt du, wie sie das nennt? Die Waffen der Schwachen. Das sind tatsächlich doch nur Nadelstiche gegen ihre Keulenschläge. Sie schrieb, du übernimmst Verantwortung, die du nicht tragen kannst. Ich bin bald sechzig und es geht mir gut. Nur meine Schwester kann mich immer noch zurückstauchen auf das Gefühl, ein Tropf zu sein. Wenigstens habe ich ihr nicht gleich zurückgemailt. Denn wenn bei mir ein Punkt erreicht wird, ein bestimmter Punkt, dann werde ich so tobsüchtig wie Kohlhaas. Das will ich nicht. Ich gehe lieber aus dem Weg, als mich zu streiten.

Musst du üben, sagt Lino.

Sie kaut am Gulasch, am Ärger.

Es reicht, beim Essen vom Essen zu reden.

Das haben die deutschen Dichter und Denker noch nie begriffen. Theo kommt wahrscheinlich gleich von Kleist auf Kain und Abel.

Es gibt Gulasch und Nudeln.

Da würde sie doch niemanden mit einer Welle von Saudade überfallen. *Vergeblich sehnen wir uns nach ozeanischen Küssen. Die Helden der See sind verloren.*

Theo soll essen. Sein schlechtes Reden über Susanne gehört nicht hierher.

Marie nimmt sich Salat, denn Salat rutscht leicht.

Lino sagt zu Theo, du kennst Susanne als Schwester. Ich kenne sie als Freundin. Es gab noch keinen Grund, sie durch den Wolf zu drehen.

Sie zeigt an die Wand. Über der Tür zum Atelier hängt ein Fleischwolf.

Theo reibt seinen Knöchel. Nur eine Geste, der Knöchel ist fast wieder gut.

Blimunda streicht um Linos Beine. Lino sagt der Katze etwas Freundliches auf Portugiesisch. Etwas, was mit einem Seufzer schließt.

*

Beim Nachtisch fragt sie, wollen wir gleich spazieren gehen? Mein Kopf braucht frische Luft.

Marie nimmt noch mal von den eingelegten Aprikosen, öffnet ihren Hosenknopf und nickt.

Theo freut sich. Bewegung heilt! Blinde sollen sehen, Lahme sollen gehen!

Sie räumen ab, Lino sieht aus dem Fenster, zögert: Draußen sieht es nach Regen aus.

Luftfeuchtigkeit, sagt Theo, du hast lange genug in Hamburg gelebt!

Sie nimmt ihren Hut vom Haken. Mein Hut ist Filz, sagt sie, deiner ist Stroh. Vamos.

Marie zieht ihre Jacke an.

Es wird schon nicht gleich regnen, sagt Theo.

Ihm fällt was ein.

Eine Sekunde noch. Im Auto ist ein neues Schnäppchen von eBay, das brauch ich für unsern Spaziergang. Dann können wir los!

Als Lino und Marie das Haus verlassen, umtanzt von den Hunden, die sich auf einen Ausflug freuen, sehen sie, dass Theo in Susannes Haus geht. Anscheinend war sein Schnäppchen nicht im Auto. Sie warten. Lino fegt vor der Haustür. Marie wirft ein Stück Rinde für den jüngsten Hund. Die Kirchenglocke schlägt. Lino summt eines ihrer Lieder. Theo taucht wieder auf, Ich hab das Ding doch eingepackt, wo ist es bloß? Moment! Er öffnet seinen Kofferraum und wühlt. Steigt in den Wagen, sucht unter den Sitzen.

Marie dreht sich weg. Zwischen den Zähnen sagt sie, Penner.

Wir gehen, das heißt, wir gehen. Satz und Wirklichkeit folgen unmittelbar aufeinander. Die Dressur aus der Kindheit sitzt. Doktor Phil kommandierte vier kleine Töchter, die Ehefrau, seine Mutter Mamatschi, sich selbst. Im Museum legt man seine Hände auf den Rücken. Mamatschi isst von heute an in ihrem Zimmer. In der Kirche faltet man die Hände. Wer nicht hört, muss fühlen. Gib dir eine Kopfnuss. Das war nicht laut genug, noch mal. Und vorwärts, Marsch.

Lino lächelt Marie an, wir haben keine Eile. Sie streichelt den alten Vasco. Dann sagt sie, Theo und Penner, das kommt nicht hin. Er hat seine Jacke bestimmt in den Alsterarkaden gekauft. Marten und Rupert waren auch mal in dem Laden. Kamen mit feinen bunten Wollschlipsen zurück. Stolzierten vor mir auf und ab. Ich dachte an die Vögel mit der großen Federschleppe.

Marie holt Luft und lässt sie raus und lacht. Man kann das Eingetrichterte verzeihen, man kann lernen. Sie ist jetzt hier. Bei ihrer lieben Lino.

Sie schließt die Augen, öffnet sie. Lino hockt bei Vasco, betupft die Geschwulst am Bauch, er reicht ihr auch seine kranke Pfote.

Theo schlägt seine Autotür zu, Jetzt können wir gehen, sagt er, und: Alles Getrennte findet sich wieder. Er steckt ein Gerät ein.

Vivat, die Südsee, sagt Lino.

*

Auf der Dorfstraße Feitals ist kein Mensch zu sehen, zwei Katzen liegen vor einem Hoftor. Neunzig Einwohner, zwanzig davon sind nur am Wochenende und in den Ferien hier. Dann bauen sie alte Häuser auf, für sich selbst, für Gäste vielleicht. Einige der früher dunklen, unebenmäßigen Steinmauern sind hinter glattem Putz verschwunden. Gelb- und Rottöne.

Unser Dorf soll schöner werden. Westerwald, sechziger Jahre. Marie erinnert sich noch gut an die schwarzen, grauen, silbernen, grünlichen Schindeln aus Schiefer an allen Häusern. An ihr Leuchten nach dem Regen, wenn die Sonne wieder herauskam. Dann hatten die Leute mehr Geld. Schöner werden hieß bunter werden. Farbe auf den Putz. Heute sind die Schindeln weg, Schiefer ist teuer.

Theo vermisst in Feital mehr als bei den früheren Besuchen einen Laden oder eine Kneipe. Hat immer nur zwei Gesichter gesehen. Kein Flanieren und kein öffentliches Tanzen auf einem Markt, kein Äugeln mit schönen Fremden, Ende der Welt.

Er behält die Gedanken für sich, will schließlich niemanden verletzen. Welcher Händler, welcher Kneipenwirt könnte hier Geld verdienen? Andererseits, wie soll in Feital der Tourismus blühen, wenn man nicht mal ausgehen kann und ein paar Münzen unters Volk werfen?

Auch die griechischen Inseln gehen unter. Paula hat Naxos von ihrer Reiseliste gestrichen. So viele Jahre war sie dort in den Ferien, sie zeichnete in ihre Skizzenblöcke und war froh. Vorbei. Alles ein Reinfall. Nicht mal während der Saison war ihre Lieblingstaverne abends geöffnet! Obwohl sie schon ewig mit dem Besitzer befreundet ist. Das liegt an der Finanzkrise, so sagte sie, und außerdem, die Griechen sind leider faul. Wer Paula kennt, der weiß, ihr fehlt für Ferien das Geld, zu wenig verkaufte Bilder. Wer Paula besser kennt, der weiß, die Liebhaber, die sie auf Naxos hatte, kehren im Alter zu ihren Ehefrauen zurück. Alexandros und seine Taverne zum fröhlichen Seepferd. Nikos, der starke Zentaur. Theo selbst war auch mal auf der Insel, sah eine jubelnde Paula. Damals war sie rothaarig und wild, jetzt ist sie wild und welkt, alles vergeht, alle Dörfer in Griechenland, Spanien, Portugal sterben.

Feital war noch nie ein Ort für Touristen. Da hilft auch kein Symposion für Künstler. Er grübelt in sich rein. Wie mag es Lino gehen, wenn sie immer nur die Nachbarn und die Tiere sieht?

Ein Brotwagen kommt täglich aus Vila Garcia hierher, und einmal wöchentlich ein Fischwagen. Beide Autos halten beim Gemeinschaftshaus und hupen. Kleiner Treffpunkt, um den Dorftratsch auszutauschen.

Vor Betos Haus ein roter Briefkasten der portugiesischen Post. Die Grundschule steht seit Jahren kurz vor der Schließung. Das öffentliche Waschhaus wird noch benutzt, am Brunnen liegt eine Bürste, im offenen Schuppen sind tropfende Hemden an Leinen geklammert.

Theo sagt, Ich hab mich schon gewundert. Denn auf dem Markt in Trancoso wurden noch letztes Jahr die Waschzuber aus Beton verkauft. Ihr habt doch alle Strom!

Lino nickt, natürlich. Jeder hat alle Maschinen, jeder zeigt sie den Nachbarn. Man muss sich beweisen, was man besitzt. Trotzdem will man Kosten sparen. Also die Waschzuber und der Brunnen. Die Leute schaffen teure Küchen an und führen sie sich gegenseitig vor. Sie kochen und essen danach im Stall.

Marie sagt, Die Handwerker im Rheiderland waren mit ihren Mittelklassewagen auch verschuldet.

Westdeutsche sind nicht so schlimm wie Portugiesen, sagt Lino. Ihr hattet jahrzehntelang Zeit für eure Entwicklung. Bei uns geht es schnell. Das macht die Leute wirr.

Sie kommen an der kleinen abgeschlossenen Kirche vorbei. Die Gemeinde wollte vor einigen Jahren zum Fest von Santa Mafalda eine neue Glocke anschaffen, sagt Lino. Beto erklärte auf der Versammlung, er würde sie sofort herunterschießen. Alles blieb so, wie es war.

Ich wäre gern mit ihm auf Wildschweinjagd gegangen, sagt Theo. Was hat er für ein Gewehr?

Illegal, sagt Lino. Sie fasst Marie am Arm: Was willst du auf dem Friedhof?

Marie sagt, Gucken. Vergleichen.

Vor Jahren war sie dort gewesen. Eine Steinwüste, wegen der sengenden Sonne keine Zierpflanzen auf den Gräbern. Man müsste sie dauernd gießen, mühsam das Wasser vom Dorfbrunnen holen. Sie sah ein paar verblasste Plastikblumen. Sah ovale Porzellanporträts von Toten auf den

Grabsteinen. Eines der Gesichter war präzise zerschlagen worden. Nicht das von Felipe, dessen Grab lag zwei Reihen weiter. Damals war auf dem Friedhof weiß-heiße, staubige Stille gewesen. Katholisches Südeuropa.

Nur Fromme laufen zu den Gräbern, sagt Lino.

Marie schüttelt den Kopf: Auch die Friedhöfe erzählen was vom Leben. In Ditzumerverlaat in unserem alten Dorf hat Gerda neulich behauptet, sie will anonym verscharrt werden. Bloß nicht nach dem Tod den Kindern noch zur Last fallen. Der älteste Sohn lebt in Wien, die Tochter ist im Rheiderland geblieben. Die brachte ihrer Mutter Einkäufe und widersprach. Gerda solle gern noch etwas weiterleben. Aber wenn, da hustete die rabiate Tochter, also wenn die Mutter einmal nicht mehr da wäre, dann würde sie, Bianka, Flieder auf das Grab pflanzen. Den Lieblingsstrauch der Mutter. Vor Rührung ist Gerda ins Platt gefallen: Poot mi een paar Blömkes upt Grafft, dann bün ik all blied. In Deutschland lockern sich die Regeln für die Grabgestaltung. Manche Friedhöfe sehen schön aus. Aber in Hamburg-Ohlsdorf gibt es einen Bereich, der nennt sich der Garten der Frauen. Von wem wollen die sich denn im Tod noch abgrenzen?

Theo tippt sich an die Stirn. Ich möchte als Leiche nur unter männlichen weißen heterosexuellen Akademikern liegen. Geschenkt. Das Leben muss gelingen, Punkt. Ich brauche keine Pfeilspitzen für meine Jagd im Jenseits. Meine Enkelkinder müssen nicht nach Hamburg fliegen, um mir einmal jährlich Vergissmeinnicht aufs Grab zu stellen. Wo werden die landen? Die landen nicht, die machen Zwischenrast. Alle sind über die Welt verstreut. Das verändert natürlich die Trauerkultur. Man braucht keinen Ort mehr, man hat die Toten im Herzen, oder sie geistern im Internet weiter.

Lino fragt, Können wir jetzt weitergehen? Mich kann man eines Tages auf den Müll legen.

Marie sagt, Falsch. Das richtige Wort heißt Erde.

Du kriegst den Katholizismus nie aus dir raus, sagt Theo. Aber auch abgesprungene Protestanten können das runterleiern: aus Staub gemacht, zur Erde zurück. Oder so.

Lino hebt ein Stück Plastik auf. Immer der Müll, sagt sie.

Einen Augenblick ist sie verloren im Gerede ihrer Freunde.

Staub, immer Staub.

Sie lassen den Friedhof in Frieden.

Noch ein Brunnen. Eine Tränke für die Tiere. Auf dem Wasser schwimmen Laubblätter, Rindenstückchen und Ästchen. Was der Wind so mit sich bringt. Treibgut. Lino taucht ihre Hand ein. Sie schnippt ein Stück Rinde durchs Wasser. Sie hört eine mürrische Stimme: Du lässt kein dreckiges Spielzeug in meinem Brunnen schwimmen! Fisch deinen Mist da raus! Der Vater musste es dem Kind oft sagen. Lino will ihm antworten, es ist ein Boot, ein Boot im Meer. Sie spritzt ein paar Wassertropfen zu Boden. Felipe ist fort.

Theo zieht einen Höhen- und Entfernungsmesser aus der Jackentasche. Das war mein Schnäppchen bei eBay. Das ist noch etwas aus der guten alten Zeit, formschön und schwer, made in W.-Germany. Ich wollte dieses Dings schon in Foz Côa ausprobieren. Mal sehen, wie hoch Feital genau liegt.

Marie und Lino gehen weiter. Felder, Weiden, Grundstücksmauern, einige stehen wie schiefe Zähne. Schlecht gelegt. Oder zu viele Ziegen klettern darüber und treten die Steine los.

Siebenhundertzwanzig Komma drei, ruft Theo.

Am Wegrand sonnt sich eine Eidechse. *Der grüne Bischof.* Marie und Lino lächeln sich an in einer geteilten Erinnerung.

Zu Feital gehört auch die Quinta das Eiras, das Gut der Tenne. Als vor sechzig Jahren die Quelle versiegte, zogen die Leute weg. Ruinen sind geblieben, mannshoch überwachsen von Ginster und Brombeerranken. Theo will seinem beinahe neuen Knöchel lieber nicht das Staksen durch Gehölz und Kraut und über brüchige Mauern zumuten, er bleibt am Wegrand und fotografiert. Dann checkt er seine E-Mails.

Marie bewundert den Taubenschlag, einen halbrunden, gut erhaltenen Bau. Im Steingemäuer gibt es für jeden Vogel eine wohnliche kleine Nische. Da würde man sofort einziehen, wenn man zwei Flügel hätte! Lino sagt, der Gemeinschaftsbackofen ist auch noch in Ordnung. Man könnte Brot backen.

Diese Quinta ist wie ein Dornröschenschloss, sagt Theo, als sie weitergehen. So ein verwunschener Platz. Da hausen wahrscheinlich Elfen und andere Geister. Als junger Mann hab ich mal eine Wanderung gemacht, in Schweden, allein, von Hütte zu Hütte. Einmal hab ich mich verlaufen, ich konnte nicht mehr. Mutterseelenallein. Es wurde dunkel. Mir war unheimlich. Ein Navi wäre die Rettung gewesen. Nirgendwo eine tröstliche Funzel. Kein Haus, keine Straßenbeleuchtung, kein Autoscheinwerfer. Ich konnte wirklich nicht mehr. Musste unter freiem Himmel übernachten. Da war eine Lichtung, ein Kreis alter Bäume. Ich habe sie gefragt, ob ich ihr Treffen störe. Ich wollte ihnen Respekt erweisen. Es war bei Nacht an diesem Tag das erste Mal, dass ich meine Stimme hörte. Ich hab gelauscht, ob mir die Bäume antworten. Ich hätte ihnen gehorcht, wenn sie mich abgewiesen hätten. Aber sie gaben mir gute Nachricht. Ich konnte sie genau verstehen. Ich habe in ihrer Runde zehn Stunden ruhig geschlafen. Ihre Gesellschaft hat mich beschützt. Die freundlichen Geister, die in ihnen lebten.

Lino sagt, Du warst müde. Das war alles.

*

Ein Auto überholt und hält, ihr Bruder Antonio. Sie geht hin, die beiden reden.

Theo fragt Marie, Warum muss Lino immer hart sein? Dickschädel.

Marie schüttelt den Kopf: Ihr Herz ist federweich.

Lass sie das nicht hören, murrt er. Ach was, der ganze Clan besteht aus Stein. Antonio ist eine Sphinx, ich wage kaum, ihn was zu fragen. Einmal hat Beto mich zum Jagen mitgenommen, dann nie wieder. Ich habe gute Augen, eine ruhige Hand. Auf dem letzten Dom in St. Pauli hab ich für Lucja einen Tiger geschossen. Sie hat ihn leider in der Geisterbahn verloren.

Der hielt vermutlich still, als du gezielt hast, sagt Marie. Bei der Wildschweinjagd hier im Gelände gibt es immer wieder Unfälle.

Tragödien, sagt Theo. Das wäre doch ein Stoff für dich. Hier liegen überall Geschichten auf den Wegen! Batalha dos montes, der Krieg in den Bergen, nur wenige Dörfer weiter von hier. Hast du davon gehört? Ein barbarisches Ritual. Linos Kulturverein hat einen Film gedreht. Du denkst, du bist in grauer Vorzeit. Einmal im Jahr, im Februar, rechnen die Männer miteinander ab. Bei jedem Streit um ihre Grundstücke, ums Vieh und um die Töchter drohen sie sich gegenseitig: Warte bis zum Februar. Ich habe mit Klamauk gerechnet, saß entspannt im Sessel vor der Glotze. Am Anfang ging die Kamera in eine Scheune oder einen Keller. Düsteres Gemäuer. Drinnen wurden Trommeln angeschlagen, ausprobiert. Ein kleines Feuer brannte, die Männer wärmten sich ihre Hände. Dann haben sie die Trommelfelle eingerieben, mit Knoblauchzehen? Mit Kerzenstummeln? Einer spielte Flöte. Du denkst vielleicht, da waren nur verholzte Alte? Man konnte auch die digital Geborenen in dieser Runde sehen, ihren Ernst. Sie wollten es richtig machen beim Vorbereiten der Trommeln. Der Film trat auf der Stelle. Männer jeden Alters, vor sich die Trommeln, nur dieses Reiben im Kreis. Auf der Dorfstraße formierte sich ein Zug. Frauen und Kinder standen am Wegrand. Sie riefen nichts, sie stampften. Eine Alte schlug ihr Tamburin. Die Männer zogen los. Ein Hund lief mit, ein Schaf kam in die Quere und verschwand. Es war ohne Marschtritt ein Marsch. Entschlossen, unaufhaltsam. Vorneweg ein Trupp ohne Trommeln. Jeder trug in den erhobenen Händen einen schmalen Eichenstamm, an dem noch das Wurzelwerk und die Erde hingen. Doch sie trugen die Bäume verkehrt herum, die Wurzelballen zeigten zum Himmel. Als würden sie auf Piken aufgespießte Köpfe tragen! Sie gingen und gingen. Hoch in die Berge. Den anderen entgegen. Immer das Trommeln. Die schwankenden Stämme, hochgehoben und gesenkt und wieder hochgehoben. Rhythmische Stöße gegen den Himmel. Der Aufstieg in die Berge. Es muss den Männern heiß geworden sein. Die haben sich systematisch in Stimmung gebracht, und in keine sehr gute. Da war so etwas wie ein Sog. Der Film blieb bei dem Marsch, er zeigte nicht, was später passiert. Lisboa hat den Brauch des Batalha verboten. Das Bergvolk schert sich nicht darum. Früher gab es Tote. Aber wann kommt das Früher wieder? Mir selbst schlug die Trommel im Blut. Ich saß nur im Sessel! Vielleicht braucht es nicht viel, nur ein paar krause Rituale in einer Gemeinschaft, um die dünne Haut der Zivilisation reißen zu lassen. Man ahnt etwas von der Gewalt, die in uns steckt. Wär das nicht mal ein Stoff für dich? Große Geschichten müssen nichts beweisen. In ein paar Schritten gehst du von dem archaischen Batalha dos montes bis zum Krieg der Dschihads.

Marie zuckt die Schultern. Sehr interessant. Sie stößt ein Steinchen aus dem Weg.

Antonio in seinem Auto überholt die beiden, winkt aus dem Fenster. Lino kommt zu ihnen und sagt, Mein Bruder hat gehört, die Händler senken den Preis für unsere Maronen. Der ganze Bezirk ist betroffen. Sie sprechen sich ab, was sollen wir machen? Die Kastanien ins Feuer werfen? Sie sind von zwei Euro fünfzig runtergegangen auf zwei Euro zehn. Für zwanzig Kilo!

Das ist doch sittenwidrig, sagt Theo. Bei uns in Hamburg auf dem Markt!

Ich weiß, sagt Lino.

*

Steine, Dornen, Stacheln, Staub. Hänge hinauf und hinab, auf Pfaden querfeldein. Theo erklärt, sein Knöchel muss lernen, sich zu bewegen. Er trödelt trotzdem, immer wieder bestimmt er die Höhe, die Himmelsrichtung. Norden, Westen, Süden, Osten, das kann man auch dran sehen, was wächst, sagt Lino. Hier, die Akazien, Mimosen, denen wäre es im Felsgarten zu kalt. Auch der Wind wäre ihnen zu hart.

Theo sagt, Ich habe Lucja mal die Blumen geschenkt, hab ihr gezeigt, wie empfindlich die Blätter auf Berührung antworten. Sie mochte die Pompons gern sehen, das Sonnengelb. Dann hat sie einen zu essen versucht. Sie fand Forsythien besser.

Lino sagt, Die Blätter der Bäume sind hart im Nehmen.

Marie auf Zehenspitzen, sieht zweizeiliges Gefieder. Schon liegst du gepresst und farblos in einem Buch. Sie geht mit den anderen weiter.

Immer wieder gibt es Hinweise auf Brände. Eine große Esskastanie wie eine schwarze Königin, das Innere verkohlt, übrig geblieben ist nur die Rinde. Der Saft läuft durch die Rinde, erklärt Lino, deshalb brennt innen zuerst alles aus.

Sie sehen wieder eine kleine Schutzhütte für die Hirten, eine Casota oder Casinha, sagt Lino. Osten ist hier, ruft Theo, der noch von seinen anderen Besuchen weiß, die Hütten öffnen sich immer nach Osten. Er unterdrückt einen Satz zu Regen und Luftfeuchtigkeit.

Wieder sind sie auf einer Höhe, Alto Feital. Wind pfeift über hartes Gras. Fährt um die riesigen bizarren Felsformationen. Sie rasten.

Lino fühlt Euphorie. Ein Nachmittag wie Ferien, mal raus aus dem Kastanienkreis. Im Gehen lösen sich viele Knoten. Eurico hat recht. Monatelang war er wie versteinert. Sein Arzt hat ihm gesagt, dass Depression die Krankheit ist, vor der er weglaufen kann. Jetzt wandert er wie der deutsche Müller, es geht ihm besser.

Sie reckt sich, kreist die Schultern. Kein Gedanke jetzt an Preise für die Maronen. Nur der weite Blick in die raue ruhige Weite. Am Himmel dicke Wolken, Wasserwesen. Ein Kunstlehrer hatte gesagt: Studiert euer Bettzeug, wenn ihr Wolken und Wasser zeichnen wollt. Da habt ihr Falten, Ballungen, Zerklüftungen und Schwung und Wogen.

Marie hat sich hangauf gewandt. Hält sich ein Auge zu, benutzt die andere Hand vor dem zweiten Auge als Guckloch, als Fernrohr. Lino fragt, Warum machst du dir Grenzen gegen die Aussicht?

Das ist ein Brauch aus Japan und heißt Fuchsfenster. Die Grenze schützt vor Überwältigung.

Ein großer Geist braucht keinen Rahmen, sagt Theo.

Marie zeigt in die Ferne auf einen Strommast, Felder, aufs Band einer Straße: Fuchsfenster sind auch gut, wenn du mal nur Naturlandschaft ansehen willst. Mit den Grundstücksmauern hast du schon Kulturlandschaft.

Theo sagt, Ich hab nichts gegen Zivilisation. Und pure Natur strengt an. Diesen Sommer war ich an der Nordsee auf Sylt. Ein langer Weg einsam am Strand entlang. Natürlich gabs Menschenspuren, Fußtritte im Sand und Boote im Meer. Aber das viele Wasser und das eintönige Wellenschlagen und der hohe Himmel, all das war mir irgendwann zu viel. Ich kann Erhabenheit und Tiefe mal für Augenblicke fühlen. Und dann reicht es auch. Einer wie ich ist nicht fürs Höhere gemacht. Die Einkaufsstraße auf Westerland, all diese kleinteiligen Lädchen mit dem Krimskrams, da hat es mich regelrecht hingezogen. Ein großer Geist darf auch mal Kleingeist sein.

Lino hat auch diese Nacht vom Zeichenunterricht geträumt. Sie war ein Kind, kannte kein Meer.

Vom Felsgarten aus sieht sie fast bis nach Spanien hinüber, sieht auf die fernen blauen Höhenzüge, Bergketten. Ziehende schwere Wolken ziehen die Berge mit sich. Die Welt zieht weiter.

Lino braucht kein Fuchsauge, keine Nordsee. Ihr steinernes Meer hat auch Wellen und Wogen.

*

Wir haben es gut bei dir, sagt Theo, als sie am frühen Abend im Esszimmer sitzen und Feigen schälen, Walnüsse knacken, Tee trinken. Lino schneidet einen Schlitz in eine Feige, stopft sie mit zwei Nussstückchen, streicht mit der Messerspitze Honig darüber. Sie gibt Marie die Süßigkeit, macht eine für Theo fertig. Probiere mal. Wir haben das als Kinder Hochzeitskuss genannt.

Theo sagt, So klein und katholisch, und dann so sexistisch. Feigen, Nüsse, Honig. Habt ihr das selbst erfunden?

Santa Mafalda wars nicht, sagt Lino und fädelt die übrigen Feigen auf eine Schnur.

Um diese Jahreszeit kann man sie nicht mehr auf dem Schuppendach trocknen.

Marie beschäftigt sich mit ihrem Strickzeug. Ein Strumpf für Lino ist perfekt, der zweite muss rechtzeitig vor dem Heimflug fertig werden.

Theo sagt ihr, Du rauchst doch keine Zigarette weniger, weil du auf Oma machst.

Sie bläst ihren Rauch in die Luft, freundlich an ihm vorbei. Hebt den Strumpf hoch und begutachtet die Ferse, die diesmal gelungen ist.

Oll Wiewen, plötzlich ist der Begriff wieder in Theos Kopf. Das Anisgebäck aus der Kindheit in Aurich.

Er fragt Marie, Strickst du wohl auch, wenn du mit deinen Nachbarn Breaking Bad ansiehst?

Da spinnt und webt sie, sagt Lino. Nimmt Strumpf eins und zieht ihn über: Passt.

Er murrt, Ihr beide passt vorn und hinten nicht.

Genau, sagt Marie friedlich. Bleiben wir bei den Manichäern. Beim schwarz-weißen Weltbild.

Lino fragt, Mani-wer?

Egal, sagt Marie. Die Welt ist manchmal bunter als das Bild, das man sich von ihr macht. So war es immer schon.

Anfang der siebziger Jahre zogen wir um, vom Dorf in die Stadt. Wir waren eine der Familien, wie man sie gerne hat. Eine katholische Familie: Gesegnet sei das Sakrament der Ehe und das Elternamt, erbarme dich der Kinder. Samstag abends Kirchgang.

Aber vor dem Kirchgang flogen Mr Spock und Captain Kirk in ihrem Raumschiff Enterprise durchs Wohnzimmer! Wir vier Schwestern und der Vater standen am Ende der Sendung schon in den Mänteln, um nichts zu verpassen. Auch die Gebetbücher waren verteilt. Doktor Phil gab ständig seine Kommentare ab, verband die Weltraumkämpfe mit dem Kalten Krieg, den Abenteurer Kirk mit dem alten Odysseus. Außerirdische und Götter konnten sich in einem Satz tummeln! Nach allerhand Schleifen kam er so zuverlässig wie immer auf Adam und Eva. Denn aus deren Auftrag, sich die Erde untertan zu machen, folgte logisch die Eroberung des Weltalls, bald. Aber dann war der Vater wieder in der Gegenwart, er brachte Klingonen und Sowjets zusammen. Mutter neben ihm im Auto, hinten vier Töchter, er jagte zur Messe nach Heilig-Kreuz, er dozierte. Seine Ohren waren fast so schön wie die von Mr Spock. Mutter fand, dass Science-Fiction-Kämpfe sich mit Seligkeit in Ewigkeit nicht gut vertrugen. So viel Buntheit war ihr zuwider.

Theo zögert, nickt. Manches passt nicht und stimmt trotzdem. Dein Vater war wohl ein Freigeist. Längst vor der Postmoderne konnte so einer sich die Codes und Kulturen zusammenrühren, wie es ihm passte. Anything goes, und heute sowieso.

Nein, sagt Lino. In einer Zeit geht niemals alles gleichzeitig. Es gibt strenge Regeln fürs Verhalten, für die Mode. Susanne und ich waren im Sommer in Lisboa. Ein heißer Tag. Wir sitzen im Café im Schatten, sehen viele Leute. Mal was anderes als Feital. Plötzlich geht Susannes Mund nach unten. Guck einmal die Frau, sagt sie. Ich sehe eine Frau in einem bunten Kleid laufen. Ich verstehe nicht. Susanne zischt, Die soll einen BH anziehen! Ich verstehe. Heute darf man sein Arschgeweih zeigen. Aber fliegende Brust ist gegen die Sitten.

Meine Schwester war immer schon kleinkariert, sagt Theo.

Marie unterbricht ihn: Manche Regeln sind so fein, dass man sie selbst kaum wahrnimmt. Gerda aus Ditzumerverlaat war letztes Jahr mit ihrer Tochter in Hamburg. Gutschein für *König der Löwen*. St. Georg ist wie Istanbul im Fernsehen, fanden sie, hier gibts nur Kopftücher! Sie konnten die Nuancen nicht erkennen. Subtile Nachrichten, unterschiedliche Traditionen. In St. Georg gibts kaum Burkas. Die Kopftücher sind dunkel oder hell, sind uni oder bunt gemustert. Eine Schleierfrau trägt einen bodenlangen

Rock, die nächste bauchfreie Jeans. Im Lohmühlenpark spielen die Kopftuchmädchen Fußball!

Theo fragt, Habt ihr das Youtube-Video gesehen? Die Niquabbitches in Paris? Schleierschlampen. Zwei Studentinnen protestierten gegen das Burkaverbot. Die liefen durch die Straßen, oben Burka, unten Minirock und Highheels. Das gab Gelächter und Applaus und Fotos. In Mekka wäre es unmöglich. Oder in den Banlieues.

Lino sagt, In Feital laufen keine Schlampen. Geh mal vor die Tür, sieh raus, hier fliegen Schleiereulen! Aber mein Bruder aus Paris staunt über die französischen Debatten. José sieht nur selten Frauen ohne Gesicht. Er meint, Das sind Touristinnen aus den Emiraten, die Schuhe und Schmuck einkaufen. Er fragt, Warum die Aufregung um Tücher? Gibts bei uns keine anderen Probleme? Ich sage ihm, Man soll die Banken niederreißen, nicht den Fetzen Stoff!

Theo hebt die Augen zur Decke und geht in die Küche, um sich die honigverklebten Hände zu waschen.

*

Marie lacht in sich hinein.

Nach dem Gottesdienst besprachen die Eltern die Predigt. Der Vater besann sich auf seine Kindheit. Die Frauenmode der zwanziger Jahre, dünne Kleider, korsettfrei zu tragen, Waden und Schultern sichtbar. Ein Ärgernis für den Priester. Sittenlose Weiber, schuldig, schuldig, schuldig. Der Vater war ein kleines Kind, das in der Kirche staunte und erschrak, der Priester donnerte. Und zu Hause in der Küche war der Vater groß und mächtig, Vater schmetterte das Kanzelwort: Oben nichts und unten nichts, und in der Mitte ein Fetzen Tüll. Ich aber sage euch, weg mit dem Tüll! Die Mutter schüttelte den Kopf. Vier kleine Töchter verstanden nichts, doch sie jubelten mit dem Vater: Weg mit dem Tüll!

In Gedanken winkt Marie ihm zu.

*

Linos Vater drohte mit der Faust. Das reichte, und sechs Kleine spritzten auseinander.

Der Vater sprach mit Tieren, Wolken, Steinen. Er ging zum Markt, zum Arzt, zur Kirche, wo er oft gegen das Priesterreden etwas murmelte. Doch niemals sah er eine Bank von innen, sprach niemals mit einem Banker. Geschäfte besiegelte er mit Handschlag. Ein paar Mal brachte man ihn gerade eben zum Notar. Sein Halbbruder hatte ein Konto, später gab es eins auf seinen und auf Lavinias Namen. Sie war Lehrerin. Sie konnte sich mit dem Papierkram abgeben, und nach ihrem Tod die erwachsenen Kinder.

Felipe sagte: Ich hab keine Schulden, dann muss ich auch nicht zur Bank. Basta.

In Gedanken winkt Lino dem Vater.

*

Theo schreibt in der Küche eine Nachricht an Lucja, denn Verbindungen bricht man nicht schlagartig ab. Er schreibt ihr nur ein paar Worte: Hier Schleierschlampen, Honig, Nüsse, Feigen. Darüber soll sie nachdenken.

Er schießt ein Foto, ein Stillleben: Korb mit Tomaten, Trauben und Pilzen. Das schickt er an Irmgard, Überschrift: Paradies.

Dann fällt ihm das aufgeschlagene Haushaltsbuch auf, das neben dem Korb auf dem Schränkchen liegt. Er wirft keinen Blick auf Soll und Haben, das geht ihn nichts an. Ihm fällt nur das Wort Pfennigfuchser ein. Im Esszimmer sind sie wahrscheinlich immer noch bei Geld und Banken. Profan.

*

Er setzt sich wieder zu den Frauen an den Tisch und sagt zu Lino: Dein Hass auf Banken ist irrational. Wir werden nicht mehr erleben, dass man sie abreißt. Du musst dich der Gegenwart stellen! Was ist heute los? Das Erstarken des Islamismus, westlicher Werteverfall! Das sind die wirklichen Probleme. Denk an den Schriftsteller aus Frankreich mit dem unaussprechlichen Namen, sein Roman hat auch in Deutschland Wellen geschlagen. Unterwerfung!

Er heißt Houellebecq, sagt Lino.

Der entwickelt seherische Fähigkeiten, sagt Theo, siehe den Anschlag auf Charlie Hebdo. In seinem Buch wird Frankreich von Islamisten gekapert. Einführung von Scharia, Patriarchat, Polygamie. Juden müssen fliehen, Frauen gehen zurück an den Herd. Vollbeschäftigung für Männer, Ruhe und Ordnung. Und warum? Weil Politik und Medien des Westens versagen. Grässliche Hellsicht!

Ich habe den Roman gelesen, sagt Lino. Konsequent. Ein schwarzer Kitsch.

Die Sprache ist zum Haareraufen, sagt Marie.

Du bist eifersüchtig, denn er hat ein großes Thema, sagt Theo.

Lino holt in der Küche eine Karaffe mit Wein und Gläser: Faz favor, die Bar ist eröffnet.

Theo mustert den billigen vinho tinto. Jetzt ein Craft Beer! Eine der hanseatischen Raritäten aus kleinen Manufakturen, die er in den Schanzenhöfen gern verkostet. Bei Getränken soll man nicht sparen. Er seufzt. Er lächelt. Höflich bleiben, Gast bleiben.

Houellebecq, sagt er. Versteht ihr nicht, was für ein

heller Kopf da schreibt? Er riecht, was in der Luft liegt. Ich glaube nicht, dass er die Vorurteile gegen den Islam anheizen will. Er spielt eine Idee durch.

Lino sagt, Das ist das Problem, das ich mit ihm habe. Lies Antunes! Diese Romane sind kein Spiel. Bei seinen Büchern denke ich, der schreibt Picassos Guernica weiter.

Theo gießt Wein in die Gläser: Kann sein. Aber Guernica verstehe ich unmittelbar. Ich bin ein schlichtes Gemüt!

Lino sagt, Stell dich nicht dumm. Du bist es nicht. Salute. Wenn du Antunes laut liest, hörst du die Musik!

Er stöhnt. Ein Buch ist etwas anderes! Ich lass mir gerne was erzählen. Die Unterwerfungsstory von Houellebecq ist genial. Der ist am Puls des einundzwanzigsten Jahrhunderts!

Lino steht auf ihrem Stuhl vor dem Regal, greift nach dem Buch, ein Geschenk von Marten. Ich verstehe kein Französisch. Vielleicht ist die deutsche Übersetzung schlecht. Stehend blättert sie. *Er pflichtete bei. Er gab zurück. Er versetzte*. Findet ihr das schön?

Theo ruft, Mich interessiert die Handlung! Endlich mal einer, der sich mit Gegenwartsfragen beschäftigt! Der nicht nur am eigenen Nabel kratzt und die Wörter verdreht, bis man oben und unten nicht mehr versteht!

Lino fragt, Und was ist mit den Kopfständen von Baselitz? Du warst begeistert!

Theo könnte die beiden Frauen erschlagen. Wichtigtuerisches Pingpongspiel mit Namen. Es ist noch schlimmer: Die reden im Ernst! Aber er hat hier Ferien. Er wischt sein Smartphone und atmet durch. Die beiden halten sein Gerät für Teufelswerk, da ist er sicher. Aber sie sind am Ende doch nur besserwisserische, altmodische Zwergschnepfen. In zwei, drei Jahren werden auch sie den geistigen und den technischen Anschluss finden, und er wird sie nicht verhöhnen, freundlich, wie er ist.

Er lächelt Lino an: Inzwischen mag ich Baselitz nicht mehr. Du musst nicht alles durcheinanderwerfen. Bilder sind keine Bücher. Abstrakte Bilder kann ich nachvollziehen. Zwei Punkte als ein Zeichen fürs Gesicht. Lesen ist etwas anderes. Bei Romanen hab ich es gern fülliger. Fünfhundert Seiten, kein Problem.

Lino sagt, Lass viele Blumen blühen. Jetzt bin ich aber hungrig.

Sie kochen gemeinsam.

Drei Stunden später.

Blimunda liegt auf ihrem kleinen Stuhl vor dem Kamin und träumt von einer Maus. Im Schlaf zuckt ihre Tatze.

Auf dem Tisch die Weinkaraffe, Gläser, Rauchzeug, Nüsse und Oliven. Bücher, Kataloge. Theo wühlt im Smartphone nach einer Begriffserklärung. Alle drei stehen im Atelier und sehen im Internet Bilder an, dann sitzen sie wieder im Esszimmer. Sie fallen sich ins Wort.

Adam und Eva. Mammut, Mickey Mouse. Marx, Manichäer, Machiavelli. Moses, Mafalda.

Theo zeichnet etwas Erklärendes auf einen Block. Lino steht in Filzschlappen auf ihrem Stuhl vor dem Regal, öffnet ein Buch. Sucht ein Zitat, das mitten ins Gespräch gehört.

Marie nimmt ihre Kamera und macht ein Foto.

Eines Tages wird es in ihrer Küche in Hamburg hängen.

Das Bild von einem Zuhause in Feital.

Lino sitzt allein am Frühstückstisch, nimmt den letzten Schluck Tee. Ihre Gäste schlafen. Sie schreibt eine Einkaufsliste für Beto, der heute zum Supermarkt fährt, und bringt sie mit einem leeren Korb rüber. Betos Auto wartet schon vor der Hoftür. Im Kofferraum und auf dem Rücksitz stehen andere leere Körbe, Taschen und Kartons. Sieben Einkaufslisten von Verwandten und Nachbarn stecken in seiner Jackentasche. Lino hasst den weitläufigen grellen lauten Supermarkt in Trancoso. Neves sagt Supermarkt, so als wäre das Wort ein Sahnebonbon. Beto hat keine Gefühle, höchstens den Ehrgeiz, schnell durchzukommen.

Draußen hebt sich sacht der Morgennebel. Das Dorf ist ruhig. Hinter jeder Fassade Sorge.

Lino räumt zu Hause auf, macht den Kamin sauber und fegt. Gleich nach dem Aufstehen hat sie eine Ladung Wäsche angestellt. Sie wischt im Garten Tau von der Leine, hängt die klammen Sachen auf. Windstille.

Geduldet euch, und in zwei Stunden fliegt ihr, verspricht sie ihnen.

Sie geht den Hang hoch, an die Kastanienarbeit.

Vorhin Betos kurzer Bericht über Tante Celina. Auch diese Nacht ist sie hingefallen. Bis morgens lag sie am Boden. Was nutzt das Babyfon zwischen ihr und Beto, wenns dauernd gestört ist? Und die Alte ist stur. Besteht darauf, es allein zu schaffen. In ihrer Lage gibt es wenig Möglichkeiten. Sie will nicht, dass Lino ihr eigenes Schlafzimmer für sie räumt. Das Haus von Beto und Neves kommt wegen der Stufen nicht infrage, sie wäre oben gefangen, bis man sie rausträgt, Füße voraus, nicht mit ihr. Das Altenheim in Trancoso ist zu teuer. Felipe hat beizeiten fluchend das Dorf verlassen. Tante Celina in Porto, das ist so unvorstellbar wie der Vater dort, damals. Die Alte ist heute Nacht gestürzt. Selbst Beto hat sie morgens nur mit Mühe wieder hochgekriegt. Sie hat jetzt am Kopf ein blutiges Horn.

Schon vor Tagen hat Lino den Hamburger Freunden die Lage erklärt. Ihnen fielen auch nur schlechte Beispiele von ihren alten Angehörigen ein. Sogar im reichen Deutschland liegt der Weg ans Ende voller Steine.

Der Bruder sagte: Tante Celina wollte eine Tasse Minztee trinken. Um sich nach der langen kalten Nacht zu stärken.

Linos Rücken gebeugt, kleine Schritte durch Brombeerranken und Farn.

*

Später kommt Marie den Hang hoch, lüftet vor Lino den Hut, Bom dia, senhora, wie gehts? Danke, sagt Lino.

Im Felsengarten taucht Emilio, der Dummkopf, auf und winkt. Sie geht zu ihm und lacht und nickt. Emilio steht auf dem Kopf vor Freude, seine Tochter wird mit dem neugeborenen Enkel aus Lisboa kommen. Joana ist nicht so dumm wie ihr Vater. Gute Augen, gute Hände. Als kleines Mädchen kam sie oft im Atelier vorbei und wollte mitarbeiten. Konnte sich lange mit einem Tonklumpen beschäftigen. Zu Hause fand nur Unsinn statt. Da machte sie sich ein Spiel daraus, über die Hühner zu hüpfen. Der Enkel heißt Emilio; Sehr schon, sagt Lino zum Nachbarn. Seine und ihre Hunde balgen sich.

Der Esel auf dem Nachbargrundstück trippelt näher, lässt die Ohren spielen, dann erschrickt er vor einem Schmetterling, macht einen Satz.

Marie begrüßt derweilen die Spinnen in ihren Netzen zwischen den Brombeerranken.

Sie bläst dünne Atemsäulen, solange ihre Luft eben reicht. Die Gespinste vibrieren.

Marie ist zufrieden. Das nimmt der Spinnenwelt nichts weg, fügt nichts hinzu.

Sie klopft einem Mönch auf den Hut, zupft eine Brombeerranke vom Ärmel, berührt einen bemoosten Stein. Kohlenstoffmoleküle werden von den Pflanzen aufgenommen und in Sauerstoff verwandelt.

Die Sonne ist da, steigt höher. Klarer blauer Himmel.

Marie hockt zwischen Grün und Gold und Braun am Boden. Fühlt sich braun-gold-grün.

Weit oben schweben geruhsam Wolken mit dem Wind. Pralle umsonnte Kissenmassen, denen Fetzen folgen. Eine bäuchlings liegende Lady mit Spitzhut winkt mit den Beinen, allmählich verweht sie, ihr nach zieht ein Erdteil, Afrika, und Afrika verwandelt sich in eine Geige.

Lino harkt um einen Baum herum. Marie geht zu ihr. Stell dir vor, wir müssten jetzt unterirdisch in einem Kiosk im Hauptbahnhof Hamburg Würstchen verkaufen!

Stell dir vor, sagt Lino, dann verschluckt sie den Rest des Satzes. Sie dachte daran, wie viele Esskastanien noch bei der Quinta do Espinheiro warten, dass Beto auch damit allein ist, denn Neves darf sich nach ihrer Operation nicht bücken.

Sie sammeln Maronen. Lino findet einen neuen Mönch.

Später kauert Marie an einem Felsbrocken, notiert was auf einen Zettel.

Linos zwei Eimer sind voll. Sie geht zur Freundin hinüber. Man schreibt?

Marie sagt, A, E, I, K, N, S, T. Kastanie hat sieben Buchstaben. Die kann man beim Schütteln verwenden, auch doppelt und dreifach. Als Kinder nannten wir das Spiel Gefüllte Gänsebrust.

Bringt uns nur keinen Kies, sagt Lino.

Stimmt, ruft Marie, Kies hat gefehlt! Seit Tagen suche ich nach einem letzten Satz!

Sie schreibt und streicht und schreibt und liest das Ganze einschließlich der neuen letzten Zeile vor:

Wer holt die Kastanien aus dem Feuer? Wer liest, was in ihnen lebt?

Der Satan, die Saat und der See. Die Saite, der Sinn und die Tinte, der Tee.

Verflucht kniet Kain im Stein. Kastanien sind Eia, Ekstase, IA und das Sein.

Kastanien sind Ketten, machen satt und sind doch Nieten.

In unser Nest bringen sie keinen Kies.

Lino nickt, das stimmt. Beto wäre einverstanden.

Marie steckt ihren Zettel ein. Eine Aufzählung, kein Anagramm. Da muss man bei dem Material der vorgegebenen Buchstaben bleiben. Außerdem: Bei dir hier gibt es keinen See. Das Wort hat also in den Sätzen nichts verloren. Aber in deinen Bäumen sind auch Kiste und Nase und Tanne und Enten und Tasten! In diesen Buchstaben kannst du sogar einen Titanen finden!

Ihr zweiter Eimer ist immer noch leer.

Sie steht auf, um weiterzusammeln, steckt den Zettel in die Hosentasche und sagt noch, Tasten, das müssen nicht die Klavierhölzchen sein. Tasten wäre auch als Verb brauchbar.

Du hast hier Ferien, ruft Lino, weißt du das nicht?

Das sind hier Ferien! Weißt du das nicht?

*

Zwangsurlaub. Theo hat sich am Nachmittag in die Wohnung der Schwester zurückgezogen. Sein Vormittagsspaziergang, allein zur Quinta das Eiras, ist dem Knöchel wohl zu viel gewesen. Der war doch gestern so wie neu! Hoffentlich brütet der jetzt keine Entzündung aus. Theo will morgen oder übermorgen losfahren.

Was soll er hier. Die Heizung tut es nicht richtig, es gibt keinen Smartphone-Empfang. Er blättert in einem Krimi. Schlechtes Papier. Die Buchstaben so klein, als bekäme man Sand in die Augen gestreut. Der Ermordete wurde in einzelne Teile zerstückelt. Hier ein Kopf und da ein Fuß. Wäre die Klinik in Guarda richtig gewesen? Nein.

In Hamburg würde er jetzt Augenhintergründe vermessen, Leute auf grünen Star untersuchen, Kontaktlinsen verschreiben. Er würde Blinde sehend machen.

Wo er ist, will er nicht sein.

Er starrt aus dem Fenster. Draußen an der Leine flattert Linos Wäsche. Ein aufgeblähtes Nachthemd schlägt mit seinen Ärmeln, will sich losreißen und hoch und oben mit den Wolken fliegen, über die spanische Grenze und immer nur weiter, Nordnordost, bis schließlich Fernsehturm und Elbphilharmonie auftauchen, die Elbe mit den bunten Klötzen des Containerhafens, das Riesenrad vom Dom in St. Pauli.

Wenn Theo jetzt in Hamburg wäre, würde er sich überlasten mit Frauen, Freunden, der harten Susanne, mit solchen und solchen Patienten. Er würde allen Leuten ja sagen und nein denken und irgendwas dazwischen tun.

Er brütet in sich rein. Ein gutes Selbstbewusstsein? Im Grunde besteht er aus Selbstvorwürfen. Seine Existenz ist lächerlich, indifferent, er glaubt sich keinen seiner Auftritte. Augenarzt! Die Patientin mit der unheilbaren Retinitis pigmentosa hat stumm die Praxis verlassen, als er in aller Vorsicht von Aussichten sprach. Die hatte feine Ohren. Er kann keine Hiobsbotschaften überbringen, doch er muss es zu oft.

Als junger Mann wollte er Privatier werden, sein Vorbild war der Nichtstuer aus Chapeau Claque von 1974. Ein

Film, vor dem gewarnt wurde, Faulheit ist keine Tugend! Freigabe erst an reifere Menschen ab achtzehn. Theo wollte müßiggehen, weiter nichts. Dann hat er den Rat von Eltern und Schwester befolgt. Helfer der Menschheit werden, auf ihrem Weg durch Nacht zum Licht. Doch wozu dient die Fähigkeit, zu sehen? Die Leute starren auf schlechte Bilder. Man sollte der Menschheit die Augen ausreißen. Er selbst steht himmelhoch darüber, mit seinem Interesse für Kunst und Literatur. Der feinsinnige Theo. Als würde die Beschäftigung mit Kleist Gewalt und Schmerz verhindern. Hölderlin ist auch nicht besser, den hatte Vater im Gepäck, als er nach Polen in den Krieg zog. Aber dem Alten muss man nichts mehr vorwerfen, nur noch sich selbst. Dem Schöngeist Theo. All die Künstlerfreunde, warum trifft er sie? Parasitäres Leben als Mäzen. Auch seine anderen Kostüme, die als Ehemann, Liebhaber, Vater, Großvater: Alles sind aufgeklebte Rollen, alles Schalen, ihm fehlt ein Kern.

Was soll er tun? Sein Smartphone hat immer noch keinen Empfang. Erst jetzt fällt ihm der Riss in seiner Hose auf, verdammte Brombeerranken, verdammte Steinzeit.

Er wühlt in seiner Brusttasche. Ganze zwei Top-Secret-Pillen sind noch in dem Blister. Die muss er aufsparen für Notfälle. Theo humpelt ans Fenster. Sein Smartphone lebt auf. Zwei Nachrichten. Die Welt ist da! Irmgard war in der Sauna. Beneidenswerte reinigende Hitze, und nachher ein Alster. Wäre er mit ihr, dann würde er jetzt eine Flasche Kuddel trinken, eines der neuen Biere ohne Schnickschnack. Die jungen regionalen Brauer entwickeln in einer Tour kreative Konzepte, da gibts nicht nur vinho tinto wie hier, wenn Lino abends behauptet, die Bar ist eröffnet.

Theo wischt weiter zur Nachricht von Paula, ein Foto. Neuer Hut vom Flohmarkt, schreibt sie. So wie sie lacht, hat keine Freundin das Bild gemacht. Sie wird doch nicht wieder verliebt sein in ihrem Alter? Er nimmt seinen Strohhut, geht vor den Spiegel, rückt ihn zurecht. Immer noch ganz verwegen. Aber zu wenig Ablenkung. Zu wenig Welt. Was soll er zu Hause erzählen? Nicht mal ein Händler betrügt ihn hier oben.

Die Wohnung der Schwester ist kalt.

Drüben bei Lino sind sie wahrscheinlich beim Stricken und Fädeln und Haspeln und Paspeln.

Das Feuer im Kamin wird brennen. Er humpelt hinüber.

*

Die beiden Frauen sitzen in Stille gemummt und lesen.

Nicht mit ihm. Sonst immer gern, heute auf keinen Fall.

Geräuschvoll macht er sich in der Küche zu schaffen. Kocht Tee und füllt die Wärmflasche für den Knöchel. Das verbeulte und verfärbte Ding gefällt ihm nicht. Eines Tages platzt es, Heißwasser ergießt sich, Gnade dem Armen, der sich verbrüht. Beim Hausrat soll man nicht sparen! Hitze und Kälte sind sowieso falsch. Wie immer hilft das Mittelmaß. Vorsichtig bewegt er den Fuß, dreht Kreise. Wohl doch nicht entzündet, auch kaum mehr geschwollen.

Er setzt sich zu den Frauen an den Tisch, legt das Bein hoch, platziert die Wärmflasche auf dem Knöchel. Der braucht nur Wärme und gute Worte wie jeder Mensch.

Freundliche Stille. Seitenblättern.

Er überlegt, dann sagt er: Don Quichotte ist vom Romanelesen wahnsinnig geworden.

Lino sieht auf: Ich spiele keinen Skat.

Als Bücherwurm vertrocknet man, sagt er. So gerne ich Fiktionen habe, manchmal will man etwas aus dem wahren Leben hören.

Marie legt ihr Buch beiseite: Harte Fakten aus den Metropolen, aus der Geldwelt?

Er sagt, Hauptsache positives Ende. Und nicht zu viel Spekulationen.

Die Bankenblasen sind nicht reell, sagt Lino.

Er hebt die Augenbrauen. Du bist vorhersehbar, sagt er. Behutsam bewegt er die Zehen. Warum tut das dem Knöchel weh? Das war gestern noch anders.

Er wünscht sich sehr, so sehr: Das Leben soll gut ausgehen.

*

Marie fängt an, Es war einmal in Hamburg, Lino unterbricht, Das klingt nicht nach harten Fakten.

Es war einmal in Hamburg eine Frau, die heißt aus Gründen des Personenschutzes M.

Theo fragt, Mafalda?

Ruhe, sagt Lino.

M. wurde von ihrer Bank zu einer Beratung geladen, das Sparbuch war fällig. Sie wollte kündigen und ihren Schatz zur Konkurrenz bringen, wo der dem Wohl der Menschheit dienen würde.

Lino murrt, M. glaubt an Märchen.

Theo schüttelt den Kopf.

Der Banker fragte, darf man bald Ihr nächstes Buch erwarten? M. erzählte etwas Wolkiges, dann sprach sie die Kündigung aus.

Der Banker hob die Augenbrauen: Was denn, weglaufen zur Konkurrenz? Wir sind auch umweltfreundlich und sozial! Die Konkurrenz liegt nicht um die Ecke. Denken Sie daran, wie mühsam die Wege in ein paar Jahren im Alter werden. Wir sollten auch schon längst über das Online-Banking miteinander sprechen. Bargeld in der Matratze ist keine Lösung!

M. nickte: Es gibt auch keine Zwerge mehr, die in den Bergen Gold hüten.

Der Banker sagte, unser Zinssatz, zugegeben, könnte besser sein. Hat Ihnen die Konkurrenz günstige Konditionen versprochen? Lassen Sie sich nicht ködern! Wenn Sie nun exklusiv bei uns sparen –

M. unterbrach, Kennen Sie noch den Hans im Glück? Als Lohn für sieben Jahre Arbeit gab sein Herr ihm ein Stück Gold, so groß wie Hansens Kopf.

Der Banker sagte, Ihre Einnahmen sind unregelmäßig. Mit der Künstlerrente werden Sie kaum Staat machen.

Lino sagt, Der Banker weiß nicht, wie gut ihr Deutschen es habt. In Portugal bekommen Künstler kein Geschenk vom Staat. Ich verstehe nicht, warum M. schwätzt und gutes Wetter machen will. Der Banker ist kein Freund! Sie muss ihm nicht treu sein, sie hat keine Schulden bei ihm. Ist M. ein höflicher Feigling? Sagt sie auch zur Atomkraft höchstens danke, nein?

Theo klopft ihr auf die Schulter. Du und deine Brüder, ihr greift gerne zum Gewehr. Nun lass sie doch fertig erzählen.

Der Banker runzelte die Stirn: Jahrgang 61, da müssen Sie noch ein paar Jahre verdienen. Er blätterte, Familienverhältnisse. Leider keine Witwenrente. Und Ihre Mutter ist gesund? Ach ja, sie wohnt zur Miete. Die Zukunft sieht nicht rosig aus! Aber wir sind bemüht, solide Angebote zu machen.

M. sagte, Die prähistorischen Zeiten waren übersichtlich. Noch keine Geldwirtschaft, wohl nur der Tausch von Pfeilspitzen, vielleicht der Tausch von Frauen. Konflikte wurden mit dem Knüppel ausgetragen.

Der Banker sagte, Gut, dass wir in einer Zivilisation leben. Unser Haus hat eine lange Tradition, wir fördern auch Behinderte.

M. nickte.

Er seufzte. Sie wollen uns also verlassen. Dann mache ich die Papiere fertig.

Er schrieb, er druckte, er schwieg.

M. fand die Luft zum Schneiden.

Sie sagte, Steinzeit ist am Ende keine Lösung für die Existenzfrage. Doch die Höhlenmenschen haben große Kunst geschaffen!

Der Banker schüttelte den Kopf: Nicht transportabel. Unverkäuflich. Und für Sie ist Kunst als Geldanlage ohnehin zu hoch gegriffen. Die Konkurrenz wird Ihnen kaum erlauben, sich einen van Gogh zu leisten.

M. sagte, Eine Schande. Van Gogh verschwindet in privaten Kellertresoren. Leider sind auch die Steinzeithöhlen nicht für alle zugänglich. Die Atemluft schadet den Bildern. Doch es gibt Reproduktionen. Schöne Farben! Die Steinzeitmenschen haben Farbstoffe gekaut, sie haben auch die Sprühtechnik erfunden. Unter den Pigmenten waren Manganoxide, die wirkten bewusstseinsverändernd. Das passt zur Vorstellung eines magischen Rituals. Der Prozess der Arbeit war den Steinzeitkünstlern wichtiger als das Ergebnis.

Der Banker machte ihre Unterlagen fertig, reichte sie herüber.

M. war erleichtert, lächelte ihn an: Heute muss man nicht mehr mit Blut unterschreiben. So weit sind wir immerhin gekommen.

Das ist ein Kuli, sagte der Banker und schob ihn ihr zu.

*

Marie zündet sich eine Zigarette an: Das Treffen endete mit beiderseitigen besten Wünschen.

Theo wirft einen Blick auf sein Smartphone, dann gießt er ihr Tee nach: Wahrscheinlich hast du die Hälfte gerade erfunden. Bei einem Angler wird der Fang auch immer größer. Aber ich habe gern Geschichten, die gut ausgehen. Es gibt die harte Geldwelt. Doch Banker und Kundin verhalten sich höflich.

Lino runzelt die Stirn: Ich verstehe nicht. Warum?

Theo hört etwas Schwieriges aufkommen, er will beschwichtigen: Sie müssen sich doch nicht die Köpfe einschlagen, nur weil sie unterschiedliche Interessen haben. Zivile Tugenden machen das Leben einfach. Formen wahren. Meine Eltern waren Bürger, und bei ihnen lernte man von Kindheit an: Das Brüllen und das Rütteln an den Gitterstäben bringen nichts. Besser, man spricht. Ich war kein Draufgänger. Das Grölen und die Schlägereien in den Jungencliquen waren fürchterlich. Natürlich fand ich die beherrschte Tonlage der Eltern heuchlerisch, als ich noch jung war. Mit süßen siebzehn ist man ungnädig, das legt sich. Später hat man Vorteile davon, wenn man gelernt hat, wie das geht: sich nett zu unterhalten.

So konnte das ein Kind von Bürgern, sagt Marie, selbst, wenn es schon auf dem Schafott stand.

Theo lächelt, Es ist historisch erwiesen, die Bürger wurden selten bestraft. Schafott war für Halunken. Wir haben im Gymnasium Theaterstücke aufgeführt, eins übers Mittelalter. Ich hatte eine Hauptrolle im Freiheitskampf gegen Unrechtsherrschaft. Schwerterklirren, Kerker, Kopfab! Das Mittelalter ist vorbei. Unsereiner verhält sich friedlich. Nur tief nachts in den Träumen mordet man und sitzt gefangen. Ich bin ein Tagmensch und ein Sonnenfreund!

In Linos Kopf poltern Steine. Bürger, Tugenden und Kerker. Kerker? Ein Gefängnis unter der Erde, ein Keller? Das dauernde Deutsch strengt sie an, manchmal kann sie nicht folgen. Schafott? Ein Platz für Hinrichtungen, aber öffentlich. Theaterspiel von Kindern in der Schule. Was wissen Theo und Marie von Gefangenschaft, von der Angst, dass ein Vater verschwindet? Sie können immer nur quatschen. Die beiden kommen aus dem friedlichen Westdeutschland. Sie wissen nichts von den Geheimen, von der PIDE, von Diktatur. Sie haben als Kinder keinen Vater gesehen, der vor zwei Fremden zitterte.

Der Vater ist tot. Was meint Theo? Ist er so stolz auf seine Herkunft? Denkt er, nur Bürger können sich nett unterhalten? Unterhält sie sich vielleicht nicht nett mit ihm, schon tagelang?

Sie sagt, Idiota. Lernst du nur als kleiner Junge, später nicht? Kannst du nur plappern? Als Erwachsener entscheidest du. Man kann auch Schweigen üben. Sei still!

Theo wehrt ab, es ging doch nicht um ihn, warum ist sie von jetzt auf gleich so zornig? Muss er die Märchenstunde von Marie ausbaden?

Er ruft, Ich habs nur gut gemeint! So wie die M. bei ihrem Banker. Sie wollte es verträglich haben. Sie hat sich als oll Wiewen inszeniert, ob es ihr klar war oder nicht.

Lino sagt, Das ist eine Weibergeschichte. M. lenkt nur ab und weicht ins Spinnen aus. Susanne hat recht, das sind die Waffen der Schwachen. Wann nehmt ihr Mut in eure Hände? Ich mache lieber Angst, als Angst zu haben! Die Banker in Trancoso lachen unsern Clan nicht aus!

Sie rührt im Tee. Das sind nur kleine Angestellte, auch im Arsch. Die wagen es nicht, uns in die Augen zu lachen.

Theo legt die Wärmflasche beiseite. Sonst ziehst du das Messer, ja? Waffen müssen passen! Zu Beto passt sein Gewehr. Von deinen Blicken kann einem der Kopf platzen. Wenn Rupert in der Kneipe in St. Pauli laut wurde, verdrückten sich selbst Zuhälter und Schläger. Wenn ich losbrülle, lacht Lucja. Wahrscheinlich bin ich kein richtiger Mann. Kennt ihr den Film von Schamoni, Chapeau Claque? Der Held lebt gutwillig und heiter in einer geerbten Villa. Kommt aus dem Morgenmantel nicht raus. Der schlurft durch Haus und Garten, sammelt krauses Zeug, sinniert über das Dasein. Erfolg, Karriere, harte Männergeschäfte lassen ihn kalt. Der ist ein verkapptes Weibsbild! Ich auch. Ich kämpfe nicht gern, ich spiele lieber friedlich in einer Nische, in der es noch Reste von Menschlichkeit gibt. Ihr habt doch hoffentlich nie auf die Gleichberechtigung gesetzt? Wenn ihr nach Männernormen lebt, verstümmelt ihr euch. Euch lässt man immer noch Reservate, Raum für Flausen im Kopf, für den Luxus von Launen und großen Gefühlen.

Lino streichelt Blimunda. Was schnattert er, wie hieß das Wort? Nische? Wo gibts denn im Neoliberalismus noch Reservate für Frauen, Künstler, Kinder und andere Irre? Zappelkinder müssen Ritalin schlucken, die Frauen rennen im Laufrad mit, wie die Künstler.

Doch angenommen, eine Spur von Theos wirrem Reden stimmt. Dann muss man Folgerungen ziehen.

Sie sagt: Ich will die Möglichkeiten, die es in den Nischen gab oder noch gibt, für die ganze Gesellschaft fordern. Jeder soll spinnen können! Erst dann gibts Emanzipation für alle.

Theo nickt, Das wäre paradiesisch.

Lino sagt, Ich spreche nicht sakral, ich spreche profan. Der Staat muss Küche werden, die Bank ein Garten. Dann kochen wir, essen und spielen. Dieser Zustand hieß mal Anarchismus oder Sozialismus mit Gesicht.

Theo ruft, Nicht wieder Politik! Kannst du nie Ruhe geben? Er tastet nach seinem Smartphone.

Lino wartet, bis er aufsieht, in ihre Augen. Ich möchte, dass du klar siehst, sagt sie. Ruhe gibt es, wenn ich tot bin.

Theo fühlt sich schon wieder verheddert. Aber ich will auch jetzt in Frieden sein, in Harmonie! Immer verdreht sie alles. Aufs Schafott mit ihr. Er fragt, Verstehst du nicht? Mancher will gar nichts tun, will nur im Morgenmantel bis zum Abend nach den Wolken sehen.

Er ahnt ihre Antwort, die ihn zuverlässig noch mal auf den Kopf stellt.

Lino sieht ihn an: Das kannst du jetzt schon. Esel. Du bist frei. Lass dein Smartphone liegen. Sag nein.

*

O.k., sagt er später. Endlich mal ein Tapetenwechsel. Er geht mit ihr ein paar Häuser weiter zu ihrem Bruder. Lino will die Sachen abholen, die Beto ihr besorgte. Und einen neuen Vorrat Netzsäcke für die Kastanien.

Im Treppenhaus sagt Theo: Dein Elternhaus hat sich verändert, das hier ist Marmor! War die Treppe in deinem Film nicht aus Holz? Die Stufen sind schief, sagt Lino. Beto kann nur Hühnerleitern bauen. Du musst auf deine Füße achten.

Er steht mit den Geschwistern in der Küche, die beiden reden. Sorgenfalten, resignierte Gesten, er hört den Namen Celina.

Er sieht sich um. Zwei gerahmte Zeichnungen von Lino an der Wand, gegenüber der Regulator, den wohl Felipe noch angeschafft hat. Die Standuhr des kleinen Mannes. Ansonsten gleicht die Küche seiner eigenen. Ein Herd mit Induktionskochfeld und Dunstabzugshaube. Mikrowelle, Trinkwassersprudler, Espressomaschine. Woher das Geld wohl kommt? Schulden vielleicht, was geht ihn das an. Lino braut ihren Kaffee immer noch von Hand.

Betos Frau Neves taucht auf, Umarmungen, Wie gehts? Neves bewegt sich vorsichtig nach der OP. Nichts Schlimmes, sie muss sich nur schonen, das sagt sich leicht. Wie mädchenhaft sie aussieht. Die ist doch auch über fünfzig? Entweder sind die Portugiesen Kinder oder Alte, dazwischen scheint es nichts zu geben. Das Lächeln von Neves, ach, Lucja. Sonst keine Ähnlichkeiten. Was soll eine Frau hier schon machen. Neves ist Lehrerin, hat sie die Stelle noch? Im Hof stand ein BMW, den werden sie kaum mit Kastanien bezahlt haben.

Allmählich findet er, er steht hier rum. Keiner macht sich die Mühe, zu übersetzen. Beto hat lange in Bremen gelebt, er könnte sein Deutsch aufpolieren! Einen Stuhl anbieten! Die sind eben am Ende alle Bauernkinder. Intelligent und gebildet, aber aus Stein gemacht und nicht aus Porzellan.

Das Elternhaus in Aurich fällt ihm ein, das Teegeschirr aus Meißen. Sehr früh ein silbernes Kinderbesteck, Schieber und Löffel, es ging an den Londoner Enkel weiter. Die Welt der schönen Dinge und der guten Sitten. Wer damit aufgewachsen ist, bewegt sich elegant durchs Leben. Selbst wenn er etwas dick ist. Eleganz? Neves' Pullover sieht aus wie ein Sack. Aber wenn solche Leute mal zum Arzt müssen, tragen sie feine Schurwolle. Ihn täuschen sie nicht. Ein Blick auf die Hände, dann weiß er, wo einer herkommt. In Harvestehude sind die Hände der Patientinnen geschmückt, selten mal Arbeitspfoten wie Linos. Ihr Overall ist praktisch, weiter nichts. Ob sie ihm später wohl den Riss in seiner Hose flickt? Wie lange will sie noch mit ihrem Bruder reden? Das kann sie das ganze Jahr über machen!

Wieder überfällt es ihn. Die Hinterwäldler leben hier ihr Leben, er ist überflüssig. Auch Lucja braucht ihn nicht, Irmgard hat ihre Enkel, und seine Jahre als Augenarzt sind gezählt. Tijd löpt. Rollator, Hörgerät, Parkinson werden kommen, wie bei den Eltern, oder ein Schlag, halbseitige Lähmung, Pflegebett und Dekubitus. Söhne und Enkel derweil auf zielloser Fahrt durch die Welt.

Es wäre ein zu harter Tod, in einer finsteren Nacht aus dem warmen Körper herauszumüssen, er wünscht sich die Stunde des Todes heiter und sonnig. Dann in der Kiste in der Grube. Allerhand Mikroorganismen sind an der Arbeit. Er, reglos in Rückenlage, die Hände gefaltet.

Theo würde unter Eid aussagen, sich solche Gedanken niemals zu Hause zu machen.

*

Liegender Akt, ein Relief. Die Schenkel leicht gekreuzt, der Oberkörper halb aufgerichtet. Ein Arm zum Winken erhoben, ein Gruß, Willkommen oder Abschied. Eine Gestalt, die zeigt, Lino hat von den Schatten gelernt.

Das Relief hängt im Esszimmer über der Haustür. Marie steht nicht vom Tisch auf, um es abzunehmen und auf der Rückseite nachzusehen, wann Lino es gemacht hat, ob es im Jahr 97 war. Sie will die Arbeit nicht zurücklesen in Linos Leben. Wenn etwas in sich stimmt, dann bleibt es offen.

Liegender Akt. Die Form aus einem Brett gesägt, der winkende Arm ist aus der Fläche herausgebogen, vielleicht mit Hilfe von Wasserdampf. Lino hat die Gestalt auf ein kleineres Brett geleimt, so ragt sie über das Format des Hintergrunds hinaus.

Ein nackter menschlicher Körper im Schwung, ein Augenblick in bewegter Haltung, leicht aufgerichtet das Winken wohin, ein einzelner Mensch, wen grüßt er, den Nächsten, die Welt? Willkommen, Erdentag. Die Zeit zwischen Schreien und Schweigen. Liegender Akt, sich aufrichtend oder zurücksinkend. Der Mensch geht in den Schatten. Solange es noch geht, winkt er der Erde.

Marie würde schwören, in Hamburg nie solches Zeug zu denken.

*

Abends das Plaudern zu dritt. Anfangs noch wie ein munterer Austausch von Schneckenhäusern, Murmeln, Federn. Lino hat Theos Hose geflickt, so fein, als sei eine Spinne am Werk gewesen. Vor ihm steht ein Bier, er fragt sich wieder mal, ob Lino seine Gedanken liest. Er schnuppert, nimmt den ersten Schluck: Heuaufguss mit Pantoffeltierchen. Aber der Nachklang hat feine Noten, das Aroma lässt an Oliven denken. Das Bier schmeckt gut, der Knöchel muckt nicht mehr. Übermorgen wird er losfahren, raus in die weite Welt, nach Hause.

So leicht und dabei stark, wie er sich fühlt, will er jetzt etwas richtigstellen. Sein Smartphone ist eine Errungenschaft, das hat Lino nicht begriffen, das muss sie lernen. Er legt es auf den Tisch und sagt: Es schadet uns nichts, wenn wir synchron mit der Gegenwart leben. Willst du vielleicht, dass jemand von Hand für dich wäscht? Entfremdet dich die Maschine von deinem natürlichen Dasein? Das Smartphone ist ein Werkzeug wie andere auch. Eine Erweiterung des Körpers, so, wie es schon der Faustkeil in der Hand des Steinzeitmenschen war.

Lino nickt skeptisch.

Theo freut sich, Also weiter.

Zum Körper gehört der Kopf. Was wären wir ohne Gedächtnis, ohne die Erinnerung? Und ohne den Austausch untereinander?

Hier, das Künstlerfest bei Schorsch in Eppendorf, an diesem Abend habe ich auch Aufnahmen von seiner letzten Installation gemacht. Das interessiert dich hoffentlich. Hier sind auch Bilder von Lucja. Das Kleid hat sie sich von mir gewünscht, die Farbe wie Mimosen. Es war nicht billig, Leinen mit Seide, Lucja hat einen guten Geschmack. Wir waren früher etwas freudlos. Wisst ihr, wie mein Sohn uns mal genannt hat? Die debattierende Altkleidersammlung! Wenn ihr erwachsene Kinder hättet, würdet ihr staunen. Da gibts was zu lernen! Statt sich die Köpfe über hochfliegende Theorien zu zerbrechen, reden meine Söhne von der Wirklichkeit, die sie betrifft, wo immer sie herumschwirren. Wer keine Kinder hat, versteht sie nicht. Die Jungen sind achtsam, hilfsbereit und gesellig. Sie reden über elektronisches Spielzeug, Wohnkultur und Lebensstil, da rümpft ihr die Nasen. Irmgard hat recht, was soll daran verkehrt sein? Wollt ihr bestimmen, wer die Themen setzt?

Seht ihr, er wischt noch mal, Irmgard wünscht sich schon lange ein Stehpult. Ich habe wochenlang auf der Lauer gelegen bei eBay! Was hättet ihr genommen? Dies hier ist aus der Jahrhundertwende, Kiefer mit Bernsteinlack, ich fand es perfekt, aber sie meinte, es ist zu massiv. Ein Stehpult muss aber solide sein, und bei Möbeln soll man nicht sparen! Irmgard hat sich schließlich für dieses Modell hier entschieden, Buche geölt. In der Behindertenhilfe gemacht. Der Erlös kommt dem Fledermausschutz Schleswig-Holsteins zugute.

Lino will fragen, wo sie sparen soll, doch Theo ist in Fahrt. Er wischt sein Smartphone, zeigt es rum, und hier, und da, und da.

Womöglich hat er wieder eine seiner Pillen eingeworfen.

Marie sagt nur noch ja, zuckt mit den Schultern, eine Geste, die Lino nicht abkann. Ist alles egal?

Lass laufen, sei kein Spielverderber.

Sie sehnt sich nach einem Abend allein. Sie streichelt die Katze. Die alte Blimunda schnurrt. Lino sieht ihre Hand das Fell streicheln. Das neue braune Mal auf ihrem Handrücken ist nur ein Leberfleck.

Ach, sagte eine Maus, die Welt wird enger mit jedem Tag. Die langen Mauern eilen so schnell aufeinander zu.

Blimundas Pfote zuckt. Du musst nur die Laufrichtung ändern.

Lino sehnt sich nach Stille.

Theo sagt, Und bald in allen Wohnungen 3-D-Skulpturen statt der gerahmten Familienfotos. Und schöne Sammelsurien. Und du hast selbst gesagt, jeder soll seinen Flausen frei nachgehen können. Und seit der Antike gibt es Kopien! Und Wachs und Ton und Kunst und Polymergips, einst und immer, und Fortschritt und Knochenersatz für Patienten, und Segen der Medizin. Und Schöpfertöpfer manschen Lehm und Porzellan von Ewigkeit zu Ewigkeit, und Polymergips und 3-D.

*

Lino hat sich früh zurückgezogen, aber der Schlaf kommt nicht. Sie will in ihr geheimes Schloss, in die hohen und hellen Säle, doch die Türen der Frontseite sind verschlossen. Sie entscheidet, um den Bau herumzugehen, ein endloses Unternehmen. Sieben Ecken hat sie schon gezählt, doch wenn sie immer weiter geht, wird sie am Ende wieder vorne sein, beim Haupteingang.

Aber dann zieht der Ort, der aus dem Schloss geworden ist, sie mit Gewalt in sich hinein, nach unten. Sie hätte wissen können, dass er unterkellert ist. Ein Kerker. Tonnenschwere unterirdische Gewölbe, unendlich verschachtelte Räume. Fragmente überstürzen sich. Sie steigt eine breite Treppe hoch und ist wieder unten, nicht bei Escher, früher, im Mittelalter, vielleicht in der Hölle. Aber ist die Hölle eine Zeit oder ein Ort? Sie will hinaus. Grob gefügte Mauern, Säulen, Pfeiler, Bögen und Türme. Ovale vergitterte Fenster, Baugeräte, Kräne, hölzerne Rampen. Eine Hängebrücke, überall schwere eiserne Ketten, die in das Mauerwerk eingelassen sind. Sie sieht Gefangene, Gefesselte und ihre Wärter, weit entfernt. Immer ist sie gezwungen, von unten nach oben zu blicken. Ein Gewölbe verliert sich im nächsten. Ungeheure Kuppeln. Hinauf, sagt sie sich und findet sich nicht zurecht. Spiraltreppen. Fern winzige Menschen, Schemen, sie stehen als Chor, als wäre der Ort ein Theater. Dann muss es Eingang und Ausgang geben.

Doch der Ort ist ein einziges Labyrinth. Architektur der Unterwelt. Alle Gesetze der Statik sind aufgehoben. Aber sie ist noch fähig zu denken: Das Gewölbe kann nur stehen, weil alle Steine auf einmal einstürzen wollen. Oder weil alle miteinander fliegen wollen. Daher sinkt auch sie selbst nicht zu Boden.

Sie hält sich aufrecht, und sie geht, sie geht. Immer wieder Treppen, die führen aus dem Nirgendwo ins Nirgendwo. Ein Ziehbrunnen. Das rauchende Feuer auf einer der Galerien richtet gegen die kalten Steine nichts aus. Sie irrt durch den unüberschaubaren Kerker, durchquert Hallen, steigt auf Leitern, sieht hoch über sich einen gotischen Bogen. Angekettete Gefangene auf einer Plattform. Sie kommt nicht hin. Die winzigen Menschengestalten sind wie erdrückt von den Massen der Steine.

Gittertore mit eisernen Spitzen. Herabhängende Trossen. Ein Sägepferd, das der Folter dient. Seilwinden und immer wieder Ketten, Ornamente der Macht. Der Baumeister war Kupferstecher. Alle Proportionen sind verzerrt. Man zwingt sie, weiter und weiter zu gehen. Nicht einmal die überdimensionalen Spinnenfäden, schwingende Girlanden, geben Grund zur Hoffnung. Im Näherkommen sind es wieder Seilwinden und schwere Trossen, Ketten.

Sie ist, so wie die anderen hier unten, ganz und gar verloren. Aber wer kann in diesen Mauern eine Maus erwischen? Alle sind frei! Die Treppen nach oben führen hinab und lösen sich auf. Sie will dem Architekten mit Vernunft beikommen. Du bist nicht logisch, ruft sie Piranesi zu.

Aus der Höhe des Kerkergewölbes lösen sich steinerne Quader aus ihren Fugen, schlagen hinab. Ihr Krachen und Bersten hallt weithin. Ein fiebriges Denken muss retten, es sagt, nur Mäuse mit Flügeln kommen jetzt noch davon.

Der nächste Vormittag mit strömendem Regen gibt wieder Anlass zu fürchten. Denn Theo findet das gemütlich. Lino muss ihn zum Schweigen bringen. Sonst redet er ihr Löcher in den Kopf. Auch Marie erzählt Blödsinn.

Die beiden sind nicht besser als die Teilnehmer der Tagungen im Frühling und im Herbst. Alles empfohlene Leute, aber Eurico, mit dem sie die Treffen organisiert, fällt manchmal auf blonde Locken herein. Kühe sind leichter als Menschen zu hüten, Lino hat es oft erlebt. Die Künstler sind wie alle anderen Zeitgenossen einzeln ertragbar, in der Gruppe werden sie kindisch. Dynamik der Symposien. Der achtsame langsame Anfang. Die Neuen sind ohnehin vorsichtig, aber auch Leute, die sich kennen und schon oft hier oben waren, brauchen Zeit, sich zu öffnen. Anfangs Ruhe und Höflichkeit. Übernachtungsmöglichkeiten gibts im Dorf genug, die Zimmer werden akzeptiert. Fast immer. Alle Mahlzeiten finden im Atelier oder im Garten bei ihr statt. Antonio kocht mittags und abends für fünfzehn Leute. Tagsüber arbeiten die Künstler, verstreut im Gelände rund um Feital, sie arbeiten mit Steinen, Ginster, Wolken, Licht und Holz und Tusche. Die ersten Gespräche sind wie ein Gehen auf Zehenspitzen. Nach Tagen bilden sich in der Gruppe Grüppchen. Hier ein Lästern, da ein Abhauen zu zweit vor einer abendlichen Sitzung. Rivalitäten werden deutlich. Zuverlässig kommt es jedes Mal kurz vor dem Ende der Tagung zur Krise. Unvergesslich Pascha Heinz, dem die Beachtung fehlte. Im privilegierten Zimmer in Betos Haus quietschte das Bett, er konnte kein Auge zutun.

Heinz vertrug weder Fleisch und Gemüse, noch Obst. Nur Brot und Fisch wollten rutschen, aber dann stak eine Gräte in seinem Hals, an der er fast erstickte. Heinz hatte ohnehin genug. Er schloss sich in sein Zimmer ein, weil man ihm für die Ausstellung am Schluss des Treffens nicht genügend Platz einräumte. Von den drei Räumen in der Dorfschule wollte er einen ganz für sich. Eurico und Sergio standen als Unterhändler vor seiner Zimmertür und baten um Frieden. Heinz war damals einundsiebzig Jahre.

Längst hält Lino ihre Zügel bei den Künstlertreffen straff. Es ist ihr gleichgültig, ob ein Sergio nachts im Zimmer einer Dagmar verschwindet. Die Abende sind ihr ein Gräuel. Nach dem Essen meinen die Leute, sie hätten ein Recht auf Faulenzerei. Wer müde ist, soll schlafen gehen. Das wollen sie nicht. Sie weichen aus, sie schlagen Diskussionen vor, doch sie wissen kein Thema. Lino hat sich angewöhnt, im Vorfeld der Treffen Vorträge zu vergeben, und immer hält sie Filme für ihre Gruppen bereit. Da werden Fragen berührt, die sich auch in der eigenen Arbeit stellen. Godard ist für die Teilnehmer ein rotes Tuch, ihr Nichtverstehen bedroht sie. Sie lehnen auch Vlado Kristl ab, seine tonlosen Filme, in denen die Stille schreit. Die Mehrheit gibt das schamlos zu. Aber Symposien sind keine Ferien.

Und Theo irrt sich, wenn er meint, sie möchte vormittags ein unverbindliches Geschwätz hören.

*

Zu dritt vor dem Rechner im Atelier. Lino schließt die Vorhänge der Türen und Fenster, legt einen Film ein, der auf einem der Künstlertreffen entstand.

Eine kleine Fingerübung für die ganze Gruppe, erklärt sie. Ein Lockerungsspiel. Wird so oder so auch in Volkshochschulen von Laien gemacht. Man kann die Regeln variieren. Wir haben das Atelier in zwei Bereiche getrennt, als Raumteiler eine Wäscheleine. Aufgehängte Laken links und rechts, in der Mitte ein freier Platz, um Papierbögen aufzuhängen. Format DIN B1. Wir saßen in der Runde. Unsere Regel war einfach. Nacheinander gehen wir in den hinteren Raum. Jeder mit einem Bogen Transparentpapier und einem schwarzen Filzstift. Jeder hat zwei Minuten Zeit, sein Blatt aufzuhängen, zu zeichnen. Musik: Ein Stück von Iannis Xenakis. Eurico hat mit der Kamera dokumentiert. Wechselnd hat einer von uns assistiert und die Zeit gemessen, Zeichen gegeben.

Lino drückt auf Start. Theo sagt sich, der Film wird nicht zu lange dauern. Er fragt nach der Musik, spielt da ein Xylophon?

Töne wie bunter Regen. Ein langer Mensch kommt ins Bild. Theo ruft, Das ist mein Schorsch aus Eppendorf! Der Film-Schorsch hängt sein Papier an die Leine, wird unsichtbar hinter dem Blatt, auf dem in Augenblicken seine Handschrift deutlich wird. Die Zeichnung wirkt wie vorher ausgedacht, sie hat nichts mit den Tönen zu tun. Theo findet das ganz typisch.

Die Musik, ein gleichgültiger Regen.

Der Nächste reiht Kästchen aneinander, Pedant. Eine Junge mit glattem Pony taucht auf. Oben auf dem Papierbogen sechs zögerliche Kreise, wie verloren stehen sie da, dann ruckelt der Stift eine Linie runter. Links und rechts der Linie zwei hingehuschte Blättchen, vier, sechs, acht, das wars.

Eine Mimose, sagt Theo zufrieden.

Die Künstler auf der Mattscheibe lösen sich ab. Sie kommen, zeichnen, gehen. Einer lässt ein Mosaik aus runden kleinen Flächen entstehen, Inseln vielleicht. Nächster. Weiter.

Schnell gehen die Leute nach vorn, sie alle zeichnen schnell. Einmal ein Gekringel, ohne abzusetzen, ein schwarzes Knäuel.

Dann eine Frau, deren Zeichnen an Kalligraphien erinnert. Sie bildet ordentliche Reihen. Was ist das für eine Geheimschrift?

Die Leute treten der Reihe nach vor, verschwinden hinter den Papierbögen. Man sieht ihre Arme, die lassen das Alter ahnen. Viele welke Arme. Männer sind an ihrem Haarwuchs zu erkennen.

Die Spannung bei den Zeichnern scheint zu steigen. Vielleicht liegt es an der unerbittlichen Musik, vielleicht auch am Ablauf. Das Serielle, der Stafettenlauf. Jetzt bist du auch gleich dran.

Bald ist bei vielen Schluss mit zarten Linien und Kringeln. Einer lässt Striche wie Pfeile schwirren. Dagegen scheint alles Vorausgegangene wie ein Geplänkel. Lino teilt Hiebe aus, man sieht ihre Arme, man hört einen Fechttanz.

Dem ersten Durchgang folgt ein zweiter. Die Leute scheinen bei allen Unterschieden der Temperamente und der Handschriften in eine gemeinsame Stimmung zu kommen, die Stricke scheinen zu reißen.

Theo murmelt, Batalha dos montes.

Schorschs Hand mit dem Stift hat Ohren bekommen, horcht auf die Töne.

Der Kästchenzeichner wird schneller, seine Vierecke runden sich.

Aus den kalligraphischen Zeichen fliegen die Schatten von Vögeln heraus.

Die Mimosenfrau lässt sich nicht aus der Ruhe bringen, ruckelt, huscht, doch auf dem neuen Blatt bekommt das Huschen einen Rhythmus.

Auf dem Bildschirm Linos Handschrift. Ein impulsives Schlagzeug auf Papierhaut. Irgendetwas zwischen Gesetzmäßigkeit und Zufall, etwas wie Regen, die Haut vibriert. Sie reißt.

Die wirkliche Lino stößt Theo an. Jetzt du.

Er steht auf, gerät auf den Bildschirm, ins Bild. Umständlich befestigt er sein Papier an der Leine, verschwindet dahinter, zeichnet eine kleine Sonne. Sie strahlt in alle Richtungen ein schönes, krauses, großes, lebensfrohes Jein. Er ist es, und das Xylophon spielt weiter.

Maries Herz klopft im Hals.

Fast eine Erleichterung, als sie den erwarteten Stoß in den Rippen spürt.

Keiner da, kein Theo, keine Lino.

Marie in einem fremden Raum. Sie steht vor einem weißen Blatt, und dessen Leere nennt sie, M. Mach, was und wie du willst.

Und so beginnt sie ihre Linie und fühlt, sie will auch weiter auf die Stille hören, will hören auf den verfliegenden Rauch in der Luft, auf die Farben von Wörtern, den Duft der Felsen, auf Steinzeitkünstler und Smartphonejünger, auf das Lied der Tautropfen im Spinnennetz. Und auf wen und was noch alles. Das bleibt ihr vorbehalten und den Lebenden und Toten, die es mit ihr wissen.

Der Abspann des Filmes läuft.

Theo reibt sich die Stirn. Er sagt, Ich war woanders, nicht mehr hier. Aber Marie war auch da drüben.

Lino sieht die beiden an. Freundlich.

Ihr seid eingeschlafen. Jetzt seid ihr wieder da. Willkommen.

*

Theos Auto ist für die Heimfahrt gepackt. Im Kofferraum sechzig Kilo Kastanien, er hat Hamburger Preise gezahlt. Richtig, findet Lino. Schließlich sind sie von Künstlerhand gesammelt.

Die Zeichnung eines Esels, die er sich aussuchte, ein Denkzettel, sagte er, ist auch von Künstlerhand gemacht, aber geschenkt.

Blimunda streicht um seine Beine. Er sagt ihr, You've lovely eye-brows. Diese Katze hat einen Sinn für Töne und Klänge, sie schnurrt.

Theo legt Lino den Arm um die Schulter: Den Hochzeitskuss aus Feigen, Nüssen, Honig hab ich mir gemerkt. Vielleicht mal einer für Lucja, unter vier Augen. Jetzt ist sie mit Janusz in London, doch alles hat Anfang und Ende. Hochzeit, dies Wort sag ich ihr lieber nicht. Kuss reicht. Auf der Durchreise in Belgien besorge ich Irmgard Pralinen. Vielleicht auch welche für Susanne. Es wird schon alles gutgehen.

Und die Erde ist eine Scheibe. Lino verschluckt den Satz.

Theo ist ein Sonnenkind. Er soll es noch lange bleiben.

Er räuspert sich. Ich kann zum Abschied keine großen Worte machen.

Marie sagt, Wenn die Wörter Dinge wären. Dann wäre doch Maronenbaum ein großes Wort. Und Wolke erst!

Lino ruft, Rio Douro, Atlantik!

Theo sagt, Ihr habt es so gewollt. Fernsehturm, Elbe, Nordsee! Und ein großes Wort ist auch: Tausenddankundobrigadothankyougraziemerci.

Das ist nicht groß, nur lang, sagt Lino.

Immer hat sie das letzte Wort, denkt Theo, vielleicht ist es gut so.

Umarmungen und Küsse.

Fahr vorsichtig, pass auf den Knöchel auf!

Und bleibt gesund!

Und grüß alle in Hamburg!

Und du deinen Clan!

Das schwarze Auto verschwindet.

Blimunda macht einen Buckel und gähnt. Marie starrt

sie an. Größe ist relativ. Aus der Sicht einer Spinne ist die Katze groß. Blimunda löst sich in Luft auf, ein halbes Lächeln bleibt übrig.

Die Hunde sind dem Wagen ein Stück nachgesprungen, bis zum Grand Hotel, jetzt kommen sie wedelnd zurück.

Marie und Lino seufzen sich an. Für einen Augenblick hören sie Theos Abwesenheit.

É simpático, sagt Lino.

Stimmt, sagt Marie.

An die Arbeit, sagt Lino.

*

Abends gehen die beiden nach drüben zu ihrem Bruder, Lino und Neves kochen. Im Wohnzimmer redet ein Sportreporter auf die Wände und auf Beto ein, der nach der Arbeit gleich im Sessel vor der Breitbildglotze einschlief. Marie soll sich dazusetzen, statt in der Küche zu helfen. Sie sitzt im Sofa, streichelt eine fremde Katze. Abwesend hört sie Satzschwälle, rollende bunte Murmeln. Nur der anbiedernde Tonfall hat den internationalen Standard.

Als sie dann doch zu den Frauen geht, setzt Lino gerade den Hut auf: Ich bringe Tante Celina ins Bett. Bin gleich wieder da. Beto soll noch etwas schlafen.

Neves erklärt Marie, I am not able to work as usual. Sie zeigt auf den Bauch, die Operation war schwierig.

Aus dem Ofen duftet es, der Salat ist fertig, das Brot geschnitten, der Tisch gedeckt.

Sie reden, schielen auf den Fernseher, den es auch in der Wohnküche gibt. Der Filmheld pinselt nachts im Mondschein hastig an eine Mauer, viva a liberdade. Drohende Marschtritte im Hintergrund.

Neves strickt an einem Zopfmuster.

Draußen schaltet Lino ihre Taschenlampe an. Ihre Füße

wissen jeden Schritt, doch manchmal geistert um diese Zeit noch ein verwirrter Alter durchs Dorf, den will sie nicht erschrecken.

Im Azaleentopf vor Celinas Haustür liegt der Schlüssel.

Bei der Tante ist alles dunkel. Auch bei ihr liegen die Leitungen längst unterm Putz, sie hat einen Fernseher, ein Badezimmer mit behindertenfreundlicher Dusche und einem erhöhtem Klo. Aber was nutzt ihr das, wenn sie auf dem eiligen Weg dahin umfällt? Durchfall kriegt sie nur, wenn man sie aufregt, sagt sie. Den bewährten alten Klostuhl im Schlafzimmer lehnt sie ab. Sie lehnt das Babyfon ab, auch die Binden, die Beto ihr aus dem Supermarkt mitbringt. Zu teuer.

Lino ruft laut im Dunkeln, Boa tarde, schaltet eine kleine Lampe ein.

Tante Celina sitzt im Sessel, eine Eule, blinzelt ihr entgegen. Ihre Hände liegen gefaltet auf dem geschwollenen Blähbauch. Wurzelhände. Lino nimmt sie in die eigenen Hände, fühlt, eiskalt. Die Tante verlegt alle Pulswärmer, die man ihr strickt.

Ich habe geschlafen. Du hast mich geweckt. Wo ist mein Beto? Wo ist meine Neves?

Heute Abend müssen Sie mich wieder mal ertragen, sagt Lino.

Sie stützt und schiebt die schimpfende Alte ans Pinkeln und Waschen, zieht ihr die Kleider aus, sie cremt die frischen Blutergüsse ein, sie lässt die Tante in das Nachthemd reinzappeln und hilft ihr endlich ins bucklige Bett.

Großes Kissen, kleines Kissen. Decke, Überdecke. Wärmflasche an die Füße.

Tante Celina wühlt sich zurecht. Nun bleib doch ein bisschen. Immer habt ihr es eilig.

Lino schaltet das Babyfon ein, die Leitung zu Beto. Vielleicht hilft es heute Nacht. In der Küche füllt sie eine

Wasserflasche und kontrolliert die Tabletten. Die Kreislaufpillen muss man nachbestellen. Sie geht wieder zur Tante, setzt sich auf den Stuhl neben dem Bett.

Nun geh auch nach Hause, Linochen, sagt die alte Celina. Wie man dich kennt, willst du noch zeichnen.

Aber sie reden noch ein bisschen dies und das. Dann winken sie sich zu, Bis morgen.

Lino setzt den Hut wieder auf, geht durch die Dunkelheit zurück.

Neves sagt zu Marie, Too much sometimes. Beto und ich müssen nach den Alten und den Kindern sehen. Most important are the children, in Coimbra and Porto. Wir haben ihnen beigebracht, was wir wussten. Aber wir sind keine Sterne am Himmel. The children have to find their own stars.

Neves hört sich reden, unterdrückt ein Gähnen. Im Fernseher haben drei Uniformierte den Helden erwischt und schleppen ihn in einen Keller. Es sieht schlecht für ihn aus.

Im Fernseher ist immer groß was los. Keine bekifften Kinder, keine Klostuhlsorgen.

Lino kommt zurück, Neves weckt ihren Mann zum Abendessen.

Alle am Tisch sind müde.

Der Filmheld hat eine Gruppe von Freunden, unter denen möglicherweise auch Feinde sind. Umgekehrt sind bei den feindlichen Uniformierten auch Freunde. Undurchschaubar, aber der Held wird befreit.

Verfolgungsjagd über alle Berge.

Espresso zum Nachtisch.

*

Wir hätten ihn besser nicht getrunken, sagt Lino, als sie mit Marie wieder in ihrem Esszimmer sitzt. Man wird wach, ganz falsch. Abends muss das Feuer ausgehen. Ich mag es nicht, wenn beim Essen die Glotze läuft.

Marie fragt, War das vorhin ein Film über Salazar-Zeiten?

Ein Remake, aus Hollywood oder Bollywood, sagt Lino.

Ihr Gesicht verschließt sich.

Marie hält sich an ihrem Strickzeug fest und konzentriert sich auf die Maschen.

Lino ist neun Jahre alt, sie steht mit dem Vater in der Casinha auf einer der abgelegenen Weiden im Alto Feital, es regnet. Sie fühlt seine Hand auf der Schulter. Beide geschützt im Unterstand. Aus dem Regen tauchen zwei Gestalten auf, sie gehen, als wäre kein Regen. Sie gehen wie gezogen auf die Casinha zu. Lauf du nach Haus, sagt der Vater, eil dich! Sie versteht ihn nicht. Er stößt sie raus. Geh weg von mir, rápido! Lauf über Marcos' Grundstück! Die kleine Tochter gehorcht und läuft. Da war kein Vater mit zitternden Händen. Da kamen keine Männer. Es ist vorbei, man muss Vergangenes vergessen.

Das Essen bei Beto war wieder zu fett. Sie hätte die Tablette gegen das Sodbrennen nehmen sollen.

Marie verliert eine der Nadeln aus ihrem Strickzeug und knurrt.

Lino ist siebzehn Jahre alt, sitzt mit den anderen in der Schule in Porto. Einheitsschürzen, strenge Frisuren, sie töpfern Vasen. Ana, die Streberin, kommt mit Verspätung in den Klassenraum. Verheult. Das Wispern in der Pause. Ihr Bruder, Student in Lisboa, ist mit einem Freund verhaftet worden. Sie hatten in einem Café die Gläser gehoben, Es lebe die Freiheit! Verboten. Ist mitgehört worden. Ist angezeigt worden. Gefängnis. In Porto weiß man nicht, dass diese kleine Meldung bis London gelangt, dass sie der Anlass zur Gründung von Amnesty International wird. Ana lässt in allen Fächern nach, verlässt die Schule. Der Unterricht geht weiter. Gedanken und Fragen klirren.

Marie hat zwölf Maschen verloren.

Lino ist dreiundzwanzig Jahre alt und steht mit anderen Kunststudenten in einem Lehrsaal in Lisboa. Sie zeichnen Perspektiven, messen, rechnen. Der Perspektive ist es gleichgültig, ob jemand staatstreu denkt. Doch Kunst und Wissenschaft haben dem Vaterland zu dienen. Verbotene Hefte gehen herum. Die Gedanken sind frei, das Flüstern schon nicht mehr. Bei den Freunden sind möglicherweise auch falsche Freunde, wer weiß das. Salazar hat einen Auswanderungsstopp verhängt, zu viele junge Männer fliehen vor dem vierjährigen Militärdienst, oder sie suchen besser bezahlte Arbeit im Ausland. José ist viel zu jung, um schon wegzugehen. Er träumt von Paris. Er hat einen Schleichweg über die Grenze gefunden. Und Arbeit am Fließband in Le Mans. Niemand wird in Feital durch den Regen kommen und den Eltern Fragen stellen. Und in Lisboa in Studentenkreisen beschwört sich jeder für sich allein: Die Freunde sind gute Freunde.

Die Vergangenheit ist ein Puzzle. Viele Stücke fehlen.

Marie sammelt ihre verlorenen Maschen eine nach der anderen penibel wieder auf.

Lino reibt sich die Stirn, dann gießt sie zwei Gläser vinho tinto ein, schiebt Marie eins zu.

Ja, sagt sie, im Film bei Beto ging es um die Salazarzeit. Theater. Deshalb wollte ich nicht bis zum Ende bleiben.

Reichlich Action, sagt Marie. Wer kein Portugiesisch kann, begreift kaum was.

Lino nickt. Wenn du weißt, was Diktatur ist, brauch ich's nicht erklären. Wenn du's nicht weißt, kann ich's nicht erklären. Mein Vater war ein stolzer Mann. Der beste Bauer im Dorf. In der ganzen Gegend.

Ja, sagt Marie.

Sie könnte fragen, Wie kommst du jetzt auf Felipe?

Lino kann Gedanken lesen. Erzähl mir, was wir morgen machen!

Wir wünschen dem neuen Tag einen guten Tag. Wir sammeln Esskastanien und Pilze. Wir schlagen uns den Bauch voll und gehen spazieren. Vielleicht kochen wir Chrystal Meth, oder wir sehen uns noch mal in deinem Atelier um. Wir regen uns auf über Gott und die Welt. Wir reden, was und wie wir wollen.

*

Der Nachbarsesel pumpt Schreie und Stöhnen, als sie auf ihrem Weg zum Felsengarten sind. Marie sagt abwesend: Esel essen Nesseln gern, Nesseln essen Esel gern. Brautkleid bleibt Brautklaut und Blautkreid breibt Blaukleid.

Linos schnelle Antwort: O rato roeu a roupa do rei de Roma! Bote a bota no bote e tire o pote do bote!

Marie ruft, Kauderwelsch!

Lino lächelt. A mulher barbada tem barba boba babada e um barbado bobo todo babado!

Marie sagt gemessen: Zwischen zwei Zwetschgensteinen sitzen zwei zwitschernde Schwalben.

Linos feierliche Antwort: A rua de paralelepipedo é toda paralelepipedada.

Und Marie, sehr langsam die Silben betonend: Griesbrei bleibt Griesbrei und Kriegsbeil bleibt Kriegsbeil.

Ihr fällt was ein: Zungenbrecher könnten gegen Aggressionen helfen. Wutmenschen diskutieren nicht. Lassen sie sich aufs Spielen ein? Griesbeil und Kriegsbrei! Wo einer über Unsinn lacht, geht eine Türe auf! Nicht schießen, drüben sind Menschen, verstehst du?

Ihre Freude löst sich auf in nichts. Sie zuckt die Schultern. Der Mann von Gerda war so einer. Vielleicht fände er den Kriegsbrei lustig. Er war geduldig, klug und fantasievoll, wenns ums Handwerk ging, um Mörtel, Kelle, Lot und Hammer. Ein blonder Hüne mit riesigem Lachen. Er half Verwandten, Nachbarn und Freunden, einmal auch einem der Russlanddeutschen. Aber dem hatte er's gezeigt: Lern erst mal arbeiten. Gib Hackengas! Ich bring dir das Wasser im Arsch zum Kochen! Originalton Bundeswehr. Reinhard war Generation achtundsechzig. Generationsschubladen helfen nicht besonders weit. Er war gleichzeitig sentimental und sadistisch. Jede Diskussion mit ihm führte in Abgründe. Jetzt ist hier Schluss mit lustig

Lino sagt, Solche Leute gibts überall. Aber da siehst du die Wand. Ihr habt schon so lange die Demokratie. Und nun denk dir eine Tyrannei und stell dir vor, da redet einer lustig. In einem Ganzen aus Hass und Angst? Einmal kam der Vater aus Trancoso. Hand auf seinem Auge. Buntes falsches Auge. Ich habe das Flüstern der Eltern verstanden. Es war kein Streit unter Bauern um Kühe. Es war ein lustiges Wort und falsch auf dem Markt. Nicht schön für Kinder, den Patriarchen in Ohnmacht zu sehen. Seine Scham zu spüren. Angst und Scham wollen zusammen wandern. Die Mutter legt ein kaltes Tuch auf Vaters falsches Auge. Später beißt die kleine Tochter in die nächste falsche Hand, die sie erwischt. Lieber Angst machen als Angst haben.

Marie weiß nicht, was sagen.

Sie und Lino gehen durch den Felsengarten. Summende Insekten. Von fern das Meckern einer Ziege.

Alte Angst und alter Schmerz und alter Zorn und manches andere Alte wandern miteinander weiter.

Die neunjährige Lino sagt der einundsiebzigjährigen: Der Priester hatte eine falsche Hand, die habe ich gebissen. Dann hab ich die falsche Hand in den Brunnen gespuckt. Und meinen Mund mit Wasser gespült. So lange, bis es wieder meine Spucke war. Der letzte Klecks fiel auf ein Stückchen Rinde. Da war die Spucke froh und ruderte in ihrem Boot zum Meer.

Die alte Lino horcht den Kindersätzen nach. Ein Winziges verschiebt sich. Für einen Augenblick ist alles heil.

Sie sieht einem Schmetterling zu, der von einem der letzten blühenden Kräuter zum nächsten flattert. Begrenzte Zeit, jetzt im Oktober, aber noch wärmt ihn die Sonne.

Marie fragt nicht weiter nach früher.

Sie gehen durch den Felsengarten. Linos kleine Hundemeute findet sie und tollt um sie herum.

Das Heute ist groß und schön. Ein Pirol ist immer noch da, und eine Felsenschwalbe zeigt sich. Die sieht man hier nicht oft.

*

Kannst du mir das Zungenzwitschern aufschreiben? Marie zieht einen Zettel aus der Hosentasche.

Lino sagt, O rato roeu a roupa do rei de Roma, das heißt, die Ratte kaut an der Kleidung des Königs von Rom. Aber du willst es sicher auf Portugiesisch.

Noch warm von ihrer Arbeit sitzen sie beim Tee im kalten Esszimmer.

Lino streicht das Blatt glatt, um zu schreiben. Unweigerlich liest sie die Zeilen darüber.

Kastanie: Aeste, Naesse. Nie Knies. Anastasia kann staken.

L. Altenunterricht / M. Spinnenflöten / T. Hochzeitskuss

Lino runzelt die Stirn. Es geht mich nichts an, doch wer ist T.?

Marie zuckt die Schultern: Theo!

Ich kenne keinen Theo, sagt Lino.

Susannes Bruder! Dein Nachbar, als du noch in Hohenfelde warst. Der Augenarzt! Er kam mit seinem Auto hier vorbei, und in Foz Côa fiel er hin!

Linos Finger trommeln auf den Tisch. Du träumst.

Der Kamin ohne Feuer sieht arm aus.

Marie sagt in den kalten Raum, Vielleicht sind L. und M. auch nur gesponnen.

Linos Augen werden Schlitze. Bin ich ein Geist?

Sie überlegt. Fingertrommeln. Sie blitzt Marie an: Dann klären wir noch eins. Du brauchst eine Liebesgeschichte. Also, wer von uns beiden lag mit Theo im Ginster?

Marie ruft, Du bist mit ihm zur Seite gesprungen! Es war im Felsengarten. Du kamst mit viel Verspätung auf den rechten Weg zurück.

Santa Maria, sagt Lino. Bitte für uns Sünder. Gnade!

*

Tags drauf gibt es Streit.

Beide Frauen haben nicht viel auf der Naht, doch das ist relativ, sagt Lino. Rechne aus, was du in Hamburg jeden Monat zahlst. Du musst verdienen. Hinter dir ist kein Clan mit eigenem Land. Dein Olivenhain ist eine Rosskastanie im Hinterhof. Du sollst nicht über früher sprechen. Mein Vogelmensch war ein Geschenk für dich. Behalte deine Scheine. Was hat dein Flug gekostet?

Marie wehrt ab, Ein Schnäppchen. Vergiss nicht, meine Wohnung bei den Freunden liegt unter dem Mietspiegel. Außerdem hätschelt Deutschland seine Schriftsteller. Nirgendwo gibt es so viele Preise und Stipendien. Man unterrichtet kreatives Schreiben und hält Lesungen. Mir geht es gut. Dein Feuervogelfreund bei mir zu Hause schlägt heute noch mit den Flügeln! Also nimm das Geld.

Lino sagt, Geschenke zahlt man nicht.

Das stimmt, sagt Marie, entschuldige. Aber es ist nur Papier hier auf dem Tisch. Leg es in deine Schublade.

Ich verstehe nicht, sagt Lino. Ist kein Papier.

Entschuldige bitte, sagt Marie. Dann ist es Geld. Für

bed and breakfast. Oder verkaufst du mir eine von deinen Ginsterwurzelzeichnungen?

Ich verkaufe nicht. Brauche ich nicht.

Ist Tante Celina ein Esel, der Taler für deine Hilfe spuckt? Aus den Wolken hier regnet kein Gold!

Aber es schwimmt in der Elbe! Wann bist du in der Oper, im Restaurant, im Schwimmbad? An die Alster rennen, in der Küche turnen, was ist das! Gratis gibts nur das Museum für Fliegen im Bernstein. Du isst Tomaten aus der Fabrike. Das ist deine Amburge!

In diesem Hamburg gibts eine Krankenversicherung! In diesem Hamburg kann man heizen! Wie kommst du mit dem Holzvorrat über den Winter?

Das lass meine Sorge sein!

Sie schreien sich an. Sie ertragen es nicht.

Das Wort Kriegsbrei ist keine Lösung.

Temos tempo. Nehmen wir uns Zeit?

Dann könnte man, solang man in der Zeit ist, weiter streiten.

Streiten um Geld. Als wäre das ihre Währung für Achtung, Freundschaft, Dank.

Marie könnte sich ohrfeigen, dass sie den Stolz ihrer Freundin verletzt hat.

Schlimmer als die Schreierei ist das Schweigen danach.

Sie räumt den Kamin aus, fegt.

Lino scheppert die Spülmaschine voll.

Blimunda verzieht sich.

Eine der vielen Nichten kommt überraschend vorbei. Sie sieht wie eine Buschwindrose aus. Marie hat immer noch die frühere Kinderzeichnung von Carmita zu Hause, eine bemalte Kachel, auf der eine Casinha zu sehen ist. Die Nichte redet und lacht, doch sie wundert sich über die starren Gesichter der Tante und ihrer Freundin. Die beiden treffen sich selten, da könnten sie jetzt doch froh sein. Vielleicht werden Alte unweigerlich harsch. Aber man sollte sie nicht beizeiten erschlagen. Vielleicht kann man sie aufmuntern. Carmita gibt sich Mühe. Sie redet allein.

*

Als sie weg ist, sagt Marie in die Stille: Künstler sind wie alle anderen im Arsch.

Das ist ein dunkler Ort für ein langes Leben, sagt Lino. Niemand will da sein.

Zwei kratzige Stimmen. Immerhin Stimmen.

Lino zündet eine Zigarette an und gibt sie Marie, die einen Zug nimmt und zurückreicht.

Ein kleines Hin und Her aus Nehmen, Rauchen und Zurückgeben. Fähnchen von Qualm, sie sehen ihnen nach.

Sie reden weiter. Politik, das ist ein gefahrloses Thema.

Der Betrug von Volkswagen, die Folgen. Marie sagt, In Wolfsburg und weltweit zittern die Arbeiter und Angestellten. Nicht nur sie. Der Konzern hat schließlich auch Kultur gefördert. Jetzt fürchten überall die Bibliothekare und Orchestermusiker, Theaterspieler und Museenmacher um die Zuschüsse.

Lino sagt, So ist das, wenn der Staat sich abschafft. Unsere Regierung steht mit leeren Händen da. Ich will nicht zurück zu König und Kirche. Also bete ich zum freien Markt. Ich muss ihm etwas bieten. Wie wärs mit blauem Crystal Meth? Wenn man arm bleibt, war man dumm, dann hat man selbst allein die Schuld.

Seltsamer Ausdruck, sagt Marie. Man ist Verursacher, man hat was falsch gemacht. Mein Vater käme jetzt auf Adam und Eva. Schuld als Moralbegriff, als Verfehlung. Und dann bedeutet Schuld, Geliehenes muss man zurückgeben. Er würde fragen, was ist der Menschheit geliehen worden? Dummköpfe, würde er uns sagen, alles ist doch vor euch auf dem Tisch. Feigen, Nüsse, das Wasser in der Karaffe: Die Natur ist unerschöpflich. Für diese Geschenke dankt man, indem man etwas zurückgibt.

Lino sagt, Das sind begrenzte Rohstoffe. Dein Vater war religiös, ein Idealist. Diese Geschenke sind Waren.

Darin liegt das Missverständnis, sagt Marie.

Darin liegt die Gewalt, sagt Lino. Erklär dem Kapital, das eine ist Natur, und dies, sie zeigt auf Euricos Tonfigur, dies ist Kunst. Bitte das Kapital, die beiden sollst du schonen, hegen, wachsen lassen. Es hört nicht hin, es braust um die Welt.

Christo hat zum Jubiläum der deutschen Wiedervereinigung die Bildzeitung vom 10.9.89 verhüllt, sagt Marie. Limitierte und signierte Auflage von 25 Exemplaren, pro Stück für 12.000 Euro.

Lino fragt, Ist das ein Fake?

So stand es in der Sonderausgabe der Bild im letzten Jahr. Die lag zum Jahrestag in unseren Briefkästen, im November 2014.

Ein stolzer Preis, sagt Lino. Der Gewinn geht an den Schutz für Fledermäuse auf der weiten Welt.

Wieder einmal fühlt sie einen Sog ins Schwarzwasser.

Man soll die schlechten Zustände nicht wiederholen, das ist zu einfach. Überall das alte Lied, Jedem das Seine. Lino kann es selbst mitsingen. Es gibt keine Gesellschaft mehr, es gibt nur Zielgruppen. Kultur, passend zurechtgeschnitten je nach Kontostand. Also geht Theo mit seinen Londoner Enkeln zu einem Familientag in die Kunsthalle Hamburg. Anschließend kreativer Workshop für die Kleinen. Und McDonald's schenkt den Kindern der Prekären Ausmalbilder. Nach dem fetten Essen gibts für sie den Indoor-Spielplatz. Natur kann sich bald nur noch leisten, wer sie hauptberuflich unterwirft, hieß es in einem Pamphlet. Lino weiß nicht, ob dieser Zornessatz befreiend ist. Oder ob er nur sagt, Rien ne va plus. Ob er damit nur einstimmt in das alte Schwarzlied.

Marie fragt, Wollen wir ein bisschen an die Luft gehen?

Geh du nur, sagt Lino. Was du draußen Luft nennst, ist für mich ein Regen. Lass dich nicht von den Wildschweinen fressen. Heute Abend gibt es Esskastanien und ein Ragout aus Ziege.

Marie verschwindet, Lino räumt auf. Politik, das ist ein Schwarzgrund.

Rupert kommt ihr in den Sinn, mit seinen letzten Büchern. *ein schrei, der zurückkommt, ist eine arbeit geworden.* Sein Drahtseilakt, das Schreiben eine Suche in der Wirklichkeit und gegen sie.

Marten kommt ihr in den Sinn, in seiner sturen Freundschaft. Wir können nicht mehr anfangen, aber wir geben auch nicht auf. So soll es sein, und wenn er zu Silvester wieder mal die weite Reise Hamburg–Feital macht, Willkommen.

Jetzt sitzt er unterm Dach in Schnelsen, hört den Regen trommeln, wühlt im Computer und isst Industriekeks.

*

Lino geht in ihre Vorratskammer. Sie schneidet ein großes Stück von ihrer neuen Marmelada ab, das sollen Marten und Marie sich teilen. Sie legt die Süßigkeit auf eine Seite des großen Esstischs, auf dem sich allerhand Sachen zum Mitnehmen sammeln. Übermorgen fährt Marie zurück.

Als sie noch selbst in Hamburg lebte, fand sie die Quitten in den Läden lachhaft klein. Vermutlich ehrenwerter Bioanbau. Von Ihrem Erzeuger vor Ort! Direkt aus der Regenregion. Wer in Hamburg Marmelade kocht, portugiesische Marmelada, kippt löffelweise Zucker an den Früchtebrei. Zucker ist keine Sonne.

In Hamburg aß man Walnüsse aus Kalifornien. In denen wohnte nie ein Wurm, und außen waren sie geschrubbt. Kein schwarzes Härchen dran, beim Aufknacken auch kein bitterer Duft. Die bissen sich wie Nüsse, aber sie schmeckten nach Wäschekorb. Natürlich weiß sie, wie Wäschekorb schmeckt: Gespülte, geflochtene, trockene Zweige. Jedes Kind hat alles aus seiner Umgebung im Mund gehabt und probiert.

Marten schwärmt für Nüsse aus Feital. Marie soll welche für ihn nach Hamburg mitnehmen.

Hamburg, stell dir das vor. Keine freie Hundemeute, die für dich singt und tanzt, sondern Leinenzwang und Steuern und kleine Tüten für Haufen. In der Warteschlange an der Ladenkasse atmen dir die Leute in den Nacken. Bus- und Bahnfahrten: lauwarme, vorgebrütete Sitze. Niemals darf man draußen einen Schirm vergessen, aber die Fallwinde zerreißen ihn. Autofahrer steuern absichtlich die größten Pfützen an, damit Passanten springen. Schlechtes Wetter in der Stadt, das ist noch schlechter als das schlechte Wetter hier.

Draußen die dichte Wolkendecke. Nasse Luft, Marie nennt sie frisch, das ist Unsinn. Sie zockelt hangauf, Hut auf dem Kopf, den Jackenkragen aufgestellt, die Schultern hochgezogen. Nicht mal der jüngste Hund läuft mit ihr. Hamburger drömeln im Regen. Drömeln? Das war was Norddeutsches. Vielleicht von Rupert. Vielleicht was Leichtes, was zwischen Träumen und Trödeln. So etwas konnte er. Dann wieder war er schwerstens entschlossen. Noch einer, aus Granit gemacht. Alles Verwandte zwischen Feital und Hamburg.

Anderntags scheint schon morgens die Sonne. Marie und Lino gehen nicht gleich an die Arbeit. Erst mal ein Spaziergang. Beto sieht sie vorbeikommen und winkt sie in den Hof und sagt der Schwester: Tante Celina ist es gestern wieder schlecht geworden, sie hat wie ein Reiher gespuckt. Wenigstens hat sie nicht versucht, selbst aufzuwischen, das hätte den nächsten Sturz gegeben. Neves hat bei ihr vorbeigesehen und geputzt.

Lino sagt, Entschuldige.

Der Bruder sagt, Du hast Besuch. Und wir haben die großen Ferien.

Marie versteht kein Wort außer Celina, hört aber die Anspannung.

Beto fragt, Warum muss die Alte sich dauernd erbrechen? Neves schaut jeden Tag in ihrer Küche nach den Lebensmitteln und wirft das Verdorbene weg.

Sie muss das mitnehmen, sagt Lino. Sonst isst Celina aus dem Müll!

Beto ärgert sich. Meinst du vielleicht, Neves ist dumm?

Jeder hat schon gesehen, wie die Tante Dreck aß. Jeder kennt ihre Erklärung: Ich bin aus der Reihe von denen, die mit dem Hunger gefüttert wurden. Ihr könnt mich nicht verwandeln.

Jeder der Geschwister hat sich tausendmal gedacht, dann soll die Alte machen, was sie will, und wenn sie ihr Herz auskotzt.

Doch wenn die Eltern unerreichbar sind, wenn die Mutter anwesend ist und trotzdem nicht da, wenn der Vater im Zorn nach Porto verschwindet, wenn man für seine Eltern nichts mehr tun kann, dann humpelt immerhin noch die alte Tante Celina ihren Weg entlang. Die soll es gut haben auf den vorletzten Metern. Der ganze Clan müht sich um sie, bis nach Paris.

Die Tante ist geschickt darin, Nichten und Enkel, Großnichten und Urgroßneffen gegeneinander auszuspielen. Auch das wissen alle, seit tausend Jahren.

Lino sagt zu Beto, Niemand von uns ist dumm. Wir machen zusammen weiter, mehr gibts nicht.

Er nickt. Untersucht seine Weintrauben an der Hauswand, schneidet die schönste ab und gibt sie Marie. You mustn't be hungry. Taste it! Marie probiert und sagt, Like sun and moon and stars.

Sie soll sich nicht gleich überschlagen. Aber auch alle anderen erklären immer wieder, Betos Trauben sind die besten.

Guten Weg!

*

Ein weiter Weg, oft querfeldein, hangauf, hangab, den Trampelpfaden der Tiere folgend. Lino sagt, Wir sind die Wandermüller. Marten hat das oft gesungen. Sie pfeift die Melodie von Müllers Lust. Vom Wasser haben wir's gelernt, sagt Marie, und Lino nickt, dann bleibt sie stehen. Wie ging das ganze Lied? Aber Marie weiß auch nicht weiter.

Auf einer Weide kommen neugierige Kühe näher, ruhiger Schlenkertrott, sie kennen Lino. Vielleicht hat sie Salz dabei, oder sie überreicht ihre Hand zum Lecken.

Bom dia, sagt Lino. Wie geht es euch, ihr lieben Grassäcke?

Schwanzpendeln. Schubsen. Lecken. Schon als Kind, wenn ihr alles zu viel war, fand sie das feine Ohrenspielen und das Schnaufen und die dunklen Glubschaugen der Kühe tröstlich.

Die kleine Herde folgt ihnen bis an das Ende ihrer Weide.

An einem Feldrand liegt eine Matratze. Das Wetter hat den gestreiften Überzug gebleicht, der Wind und die Tiere haben ihn aufgerissen, das Innere quillt raus. Vögel und Kaninchen tragen etwas weg, um Nester und Höhlen zu polstern. Die Dinge wandern und verwandeln sich, es ist ein zarter Verfall, es ist ihr Weg.

Vasco kreuzt von irgendwoher auf, der jüngste Hund läuft hinter ihm, zieht einen Fetzen mit sich. Vasco steigt auf einen Steinbrocken, in einer Mulde hat sich eine Pfütze Regenwasser gesammelt, er schlappt. Lino tätschelt ihn. Immer tut es ihr gut, Tieren beim Fressen und beim Saufen zuzusehen.

Marie erinnert sich, die Müller haben auch gesagt: Vom Wasser haben wir's gelernt, das hat nicht Rast bei Tag und Nacht, ist stets auf Wanderschaft bedacht.

Ach ja, dann murmelt Lino noch etwas. Eine verlorene Verbindung ist fast da. Sie suchte etwas, was denn? Pfütze. Wasser. Wieder weg, Vasco steht den Gedankenbildern auf der Leitung. Ein flüchtiges Etwas ist wieder verschwunden. Am Himmel dunkles Gewölk, scharf umrissen von Sonnenlicht. Es wird schon nicht gleich regnen.

Sie kommen auf eine kleine Straße, Marie zeigt geradeaus, Da gehts Richtung Feital? Ja. Ein Mofafahrer überholt und winkt. Eichen am Wegrand, ein paar morsche Stämme, Altholz. Jemand hat eine Waschmaschinentrommel ins Gesträuch geworfen. Wo der erste Abfall liegt, kommt bald der nächste, sagt Lino.

Mitten auf der Straße ruht sich ein Käfer aus.

Sie hockt sich hin, ein Nashornkäfer, sagt sie. An seinem Kopf kannst du die schöne Waffennase sehen.

Marie daneben, staunend. Der glatte Mahagonipanzer schimmert wie ein Edelstein. Die Unterseite fuchsrot behaart, ein Schmuckstück auf Beinen. Vielleicht sollte man es aus dem Weg tragen. Eine stämmige kleine Walze, ein Rhinozeros in klein.

Sie fragt, Kennst du Jean-Henri Fabre? Französischer Insektenforscher. Etwa Jahrgang 1820. Er hat sich zeitlebens mit Krabbeltieren beschäftigt. Mit Wespen, Spinnen, Bienen, Pillendrehern. Er hat sie nicht gefangen und seziert, sondern beobachtet, beschrieben. Gegen Ende seines Lebens versicherte er, Ich glaube nicht an Gott, ich sehe ihn.

Lino sagt: Monsieur Fabre hatte keine Brille. Ich sehe einen Käfer, der gefährlich lebt.

Sie nimmt ihn auf, Komm schon, du Gott. Sonst fahren dich die Autos platt. Sie setzt ihn im Eichenlaub ab.

Hinter der nächsten Straßenbiegung taucht das Grand Hotel auf. Auf einer der kleinen Grundstücksmauern daneben sitzt eine junge Frau, schiebt einen Kinderwagen auf und ab. Lino winkt ihr, geht schneller. Hastig steckt die junge Frau ihr Smartphone weg. Lino umarmt sie. Bom dia, Joana! Ich wünsch dir Glück, dir und dem Kind! Du siehst gut aus.

Joana lächelt. Danke. Es geht mir gut. Aber Emilio war zuletzt viel zu groß in meinem Bauch. Ich war wie eine Ente, die ein Ei vom Strauß legen soll.

Lino übersetzt es für Marie. Beide schauen in den Kinderwagen. Zwischen dicken Kissen ein kleines rundes Gesicht. Die Schnute leicht geöffnet. Glatte Stirn und feine Augenbrauen. Geschlossene Lider, die Wimpern zwei Fächer aus Samt.

Marie sagt, Ein Riese ist er nun nicht. Er sieht schön wie ein Mondstrahl aus.

Lino übersetzt es für Joana, dann fragt sie, Schläft Emilio? Stillst du?

Beim Stillen geht's uns beiden gut. Wenn er nur schlafen würde. Aber er ist ein brüllender Mondstrahl. Diese Nacht jede Stunde! Vielleicht kommt er nach seinem Großvater.

Auch tagsüber schreit der Kleine viel. Mein Vater wird wütend. Patriarch der alten Sorte: Die Schmerzen des Kindes sind nicht so wichtig wie seine. Heute Morgen hat er den Kinderwagen gerüttelt wie einen Obstbaum. Den Enkel auf den Arm nehmen und wiegen, das fällt ihm nicht ein.

Lino übersetzt, dann fragt sie, Und dein Mann?

Der meint, wir haben das Kind gemacht, also ertragen wir es. Ich möchte aber nicht, dass der Kleine ein Schreihals wird.

Lino sagt, In jedem Alter gibts was zu lernen. Seine Aufgabe ist es, zu trinken, zu schlafen, zu rülpsen.

Bäuerchen kann er sehr gut, sagt Joana.

Er soll auch schreien, sagt Lino, das stärkt die Lunge. Deine Aufgabe ist es, eine Balance zu finden. Ihn zu trösten und ihn zu ertragen, wenn er lärmt. Da musst du eine Kunst lernen. Für mich war es genug, als Tante einzuspringen. Und dann zu Hause in den Stein zu schlagen.

Du warst eine gute Fee, sagt Joana, das weiß ich noch. Und ich erlaube nicht, dass Vater mit dem Kleinen umspringt wie mit seinen Tieren. Und schon gar nicht, wie mit uns!

Lino übersetzt alles, und Marie sagt, Dein Baby ist bestimmt sehr froh um dich. Wieder übersetzt Lino.

Emilios Gesicht bewölkt sich. Als zögen wirklich Wolkenschatten über seine Stirn. Die Schnute zuckt, verzerrt sich. Unter den Kissen tauchen Fäuste auf. Die Augen reißen auf. Zappeln, Gewinde, Geschrei.

Lino sagt zu dem Säugling: Sieh mal die beiden lieben Tanten hier! Geschrei.

Joana versucht es mit ihrer Mutterstimme, rollt den Wagen auf und ab. Geschrei.

Selbst für einen Säugling hat er eine starke Stimme, sagt Lino. Geschrei.

Joana zieht ihr Schlüsselbund und lässt es vor Emilios Augen tanzen und klimpern. Geschrei.

Joana seufzt, Er oder ich. Am besten, wir. Sie nimmt den Sohn aus dem Wagen, wiegt ihn, herzt ihn, geht mit ihm herum. Geschrei.

A lua nasceu e cresceu no além, der Mond ist geboren und wächst in den Himmel.

Die Sonne scheint noch immer. Später Vormittag.

*

Immer noch fallen die Maronen. Die Morgenarbeit will getan werden: Kreise um die Bäume ziehen, sammeln. Marie lobt eine unsichtbare Spinne für ihr Netz.

Lino sieht auf, in die starken Äste, ins grüngoldene Laub, zu den Stachelkugeln. Kastanien sind klug und wehrhaft. Was hat die Streitschrift da behauptet, unterworfene Natur? Den Bäumen hier gehts gut, sie brauchen diesen Ausdruck nicht. Sie sind leibhaftig da! Und man will wissen, was sie selbst zu sagen haben. Dann kann man ihnen antworten.

Lino geht rüber zu Marie. Dein Kastanienlied, sagt sie. Man kann auch mit dem Wort Marone spielen. Ich schüttele die Buchstaben. A E M N O R. Und weißt du, was darin ist? Name! Amor!

Amen, sagt Marie.

Das musste kommen, sagt Lino.

*

Im Atelier die Gruppe der großen Skulpturen, Kastanie, Blutbuche, Kirsche, Eiche.

Menschengestalten, abstrakte Figuren.

Die Steinzeitkünstler würden Lino in die Höhle an ihr Feuer bitten, Marie ist sich sicher.

Aber sie selbst weiß keine Antwort auf die Arbeit.

Sie fragt nach Material, nach Techniken und Werkzeugen. Lino sagt: Bohrer, Leim. Sagt: Spachteln, Tackern, Feilen, Schleifen. Die Angaben erklären nicht, warum Marie sich von den Hölzern so wie angezündet fühlt.

Im Atelier rauscht grüngelbgoldbraun Laub im Wind.

Im Atelier rätscht ein Eichelhäher, eben hat er eine Eidechse auf einem Sonnenfleck im Felsgarten erbeutet. Das Kreischen einer Motorsäge übertönt ihn.

Im Atelier klettert eine Ziege auf eine der Grundstücksmauern, sie schaut dem Baumfällen aus schmalen Augen zu. Behelmte, gestiefelte Leute. Sie machen sich an die Arbeit: Ein Ganzes wird zerlegt in Teile. Zweige, Äste, Stamm, Baumstumpf.

Im Atelier poltert ein Bagger über das steinige Land. Greifer und Schaufeln reißen die Erde auf. Die Axt wird an Wurzeln gelegt. Sägen, Hacken, Schlagen. Schubkarren rollen an, werden beladen, rollen fort.

Im Atelier meckert die Ziege draußen auf der Mauer und springt ihrer Wege. Gerade noch das Laub im Licht, die Wurzeln in der Erde, schon vorbei. Kreislauf des Wassers unterbrochen, endgültig. Wo der Baum stand, ist ein kleiner Krater, der aufgefüllt wird mit Asche und Erde.

Hölzer lagern, Hölzer trocknen.

Im Atelier nehmen sie andere Formen an. Wenn eine Arbeit stimmt, gibt sie Geliehenes zurück und weiter.

Ein Wurzelwerk, jahrzehntelang von niemandem gesehen, stummes Leben unter der Erde. Dann eine Krankheit, vielleicht. Dann aus der Dunkelheit gehoben. Lino hat die natürlich gewachsenen Formen teilweise roh belassen, teilweise fein geschliffen, einige hat sie in blaue Farbe getaucht. Ein verzweigtes Netzwerk, kopfüber gestellt, so dass die Wurzeln wie krumme Finger und Stacheln und Strahlen zum Himmel zeigen.

Eine Lianenform, verspindelt, sanft und wild.

Ein menschlicher Torso, doch die Bewegung ist da, der ausholende Schritt, der ins Offene geht.

Marie hustet. Dann sagt sie, Schön. Sie dreht eine Zigarette, sucht in der Hosentasche nach dem Feuerzeug, findet eine Patronenhülse und einen Zettel.

Sie überfliegt ihn und gibt ihn Lino. Ein Gruß von Theo an dich. Er sagte, Für deine Skulpturen.

Jetzt will sie aber noch mal raus, an die Luft, in den Felsengarten.

*

... und nah seid ihr
mir wieder, seid, wie sonst, ihr Glücklichen
ihr irrelosen Bäume meines Hains ....

*

Im freien Feld die langsamen Schritte von Kühen, ihr Schnobern. Kuhschlendern, Kuhdösen, Kuhpoltern. Fladen klatschen dampfend auf Geröll und Kraut.

Das Bellen von Hunden nähert sich. Eine Glocke läutet, das Leittier wahrscheinlich verbummelt. Die Letzten werden die Ersten sein. Sirrend durchschneidet ein Stock die Luft, klatscht auf ein Kuhfell.

Der alte Emilio schreit. Seine und Linos Hunde springen sich an. Die Herde kennt den Weg nach Hause, ist aber abgelenkt von den tanzenden Kläffern. Sie weicht nach hierhin und dorthin aus. Lino taucht auf und winkt Emilio und scheucht ein Rindvieh zu den anderen auf den Trampelpfad.

Sie sagt Marie: Wer hätte das gedacht. Senhor Theo schreibt einen Gruß an meinen Hain im Atelier. Das ist aber nicht seine Sprache.

Marie nickt. Hölderlin, Empedokles. Theo war immer schon Bildungsbürger.

So sah er auch aus, sagt Lino. Aber er hatte was.

Sie reißt einen Ginster aus, Marie schlägt nach einer Wespe.

*

Eine der Ginsterwurzel-Zeichnungen ist eingerollt, knicksicher verpackt. Aus dem Schlafzimmer holt Lino eine Bluse. Rohseide, grüngoldbraun. Probier mal.

Wann hast du die genäht?

Neulich. Du hast noch geschlafen.

Bluse. Weste. Zeichnung. Nüsse, Piripiri, Rosmarin- und Lorbeerzweige. Marmelada, trockene Mönche, Maronen. Am frühen Abend wiegen sie den Koffer. Lino sagt, Da passt noch ein Kilo Maronen rein!

Marie trägt vom Dachboden Bücher nach unten, sortiert sie in die verschiedenen Regale zurück.

Der Plattenspieler läuft. José Afonso singt, wie er Grândola die Treue schwor.

Lino hört am Telefon von Antonio, die Kastanienpreise sind noch mal gefallen. Tante Celina hat ihre Brille verloren und aus Versehen zertreten.

Draußen fängt es an zu regnen.

Marie will für das Essen sorgen. Sie muss nur Reste aufwärmen und noch einmal Salat machen. Sie klappert in der Küche.

Lino legt im Kamin das Abendfeuer an, zündelt mit einem Fidibus und setzt sich hin, lehnt sich im Stuhl zurück. Ein bisschen ausruhen.

Knistern, Funken, zuckende Flammen. Leuchtendes Gezüngel. Drömeln. Das war etwas mit Wasser, nicht mit Feuer.

*

Sich heben, aufrichten und türmen, dann sich überstürzen, dann sich brechen. Funken fliegen. Eine Flamme löst die andere ab.

Wellen folgen aufeinander. Sie werfen Schleier aus Schaum ans Land, sie dringen vor und ziehen sich zurück und dringen wieder vor. Wellen schnellen Wasserfächer übers Ufer, die spreizen sich auf und verrinnen. Weit draußen die glatte Oberfläche der See.

Malt das Meer.

Erst mal hinkommen. Erst mal muss man es sehen.

Unvergesslich die heisere, mürrische Stimme: Stellt euch nicht dumm. Das Meer kommt aus den Wolken. Regen habt ihr wohl schon mal gesehen. Wasser fließt von oben nach unten. Von den Bergen aus immer runter. Auch unser Brunnenwasser geht ins Meer. Wie oft hab ich gesagt, ihr sollt in meiner Tränke keine Boote schwimmen lassen. Ihr stört meine Kühe beim Saufen.

Der Alte verschwindet. Ein Bergbauer, aus Steinen und Flüchen gemacht.

Lino ist neun Jahre alt, sie steht auf Zehenspitzen vor dem Brunnen, setzt ein Rindenstück ins Wasser, bläst Wind. Beto ist auf den Rand des Brunnens geklettert, macht Wellen mit einem Stöckchen. Beide kennen das Meer noch nicht.

Es ist ohne Rand, sagt Lino zögernd, nicht so wie der Brunnen.

Gibts nicht, sagt Beto, alles hat Ränder.

Idiota! Hat der Himmel einen?

Lino weiß jetzt, was zu tun ist. Sie nimmt den kleinen Beto an die Hand. Zieht ihn vom Brunnen aus zum nächsten Bach. Sie gehen Schlängelwege an seinem Murmeln entlang, Richtung Osten, Richtung Sonnenaufgang, durch die Berge. Das steinerne Meer im Osten. Sie gehen bis Moimentinha, an den Rio Massueime. Immer dem Wasser nach. Nur immer vorwärts, auf den Pferden des Schusters weiter. Der Massueime fließt in den Rio Côa, und der fließt nordwärts. Er mündet bei Foz Côa in den Rio Douro.

Eine Bisonherde grast, ein rotes Pferd mit wilder schwarzer Mähne galoppiert vorbei, durch die Luft schwirren Pfeile. Lino sagt dem Bruder, Hab keine Angst. Sie begegnen einem tanzenden maskierten Mann. Menschenbeine, Wolfsschwanz. Er trägt ein schweres Geweih auf der Stirn. Die Ohren sind die eines Wisents. Sein spitzer Bart fällt auf die Brust. Vogelgesicht. Der Tiermensch sieht sie an, inständig. Also weiß Lino, alles stimmt, und geht mit dem Bruder den Douro entlang. Westwärts, Richtung Sonnenuntergang. In Porto mündet der Fluss ins Meer.

Die Meeresoberfläche draußen, ein leicht gefälteltes Tuch, mit dem Himmel verbunden. Wasser ohne Ende, Atlantik heißt es. Ozean heißt es.

Der Weg war kinderleicht zu finden. Man musste nur Zeit mitbringen.

Lino und Beto stehen am Ufer des Meeres, auch ihre anderen Geschwister sind da. Marie und Marten und Rupert und Lavinia und Felipe und Theo und Tante Celina sind da, Joana mit den zwei Emilios ist da. Überhaupt alle sind da.

Alle sind klein.

Einige werden Gischt und einige spritzen mit Wellen und springen ins Wasser und flüchten zurück an Land. Einige sammeln Treibgut, einige wischen die Smartphones, einige kochen Drogen, einige bauen ein Boot. Marten ruft, Vivat, die Südsee!

In Feital trommelt Regen an die Fenster.

Blimunda blinzelt, gähnt missmutig.

Im Traum tunkt Lino den Pinsel ein.

Vor dem Feuer aufwachend, weiß sie, die Reise geht weit über jeden von uns hinaus.

Die Arbeit am vorliegenden Text wurde durch den Deutschen Literaturfonds e. V. gefördert, wofür die Autorin dankt.

Bibliografische Information der Deutschen Nationalbibliothek
Die Deutsche Nationalbibliothek verzeichnet diese
Publikation in der Deutschen Nationalbibliografie;
detaillierte bibliografische Daten sind im Internet über
http://dnb.d-nb.de abrufbar.

www.wallstein-verlag.de
Vom Verlag gesetzt aus der Stempel Garamond
Umschlaggestaltung: Wallstein Verlag, Göttingen
Druck und Verarbeitung: Hubert & Co, Göttingen
ISBN 978-3-8353-3130-3